點子出版
IDEA PUBLICATION

白邪封印
被壓沙土 著

沒想到時間一晃這麼快，上一次出書已經是在兩年前。

這一次開書前的準備工作就差不多花了三個多月，每天都花大半的時間來構思設定、大綱、橋段和人物，就連書名也是在網上連載開始前才定下來。

累是累了一點，不過把腦海中的構思化作文字還是一個挺有趣的過程，尤其是當作者自己也特別喜歡故事時，寫作過程就變得更有意思了，連我也期待接下來《白邪封印》的發展。

如果沒甚麼意外的話，這本書大概會是我的代表作。

而這一次會比《天黑莫回頭》更好看！

被壓沙士

白邪封印

第一章 冰壁中的男人 012
第二章 被封印的大魔頭 020
第三章 以魔制魔 028
第四章 惡魔的契約 036
第五章 影觀音 044
第六章 傳承 052
第七章 啟程 060
第八章 出發 068

第九章 魯班尺 076

第十章 藏骸地 084

第十一章 秘境 092

第十二章 等級劃分 100

第十三章 牙僮子 108

第十四章 餓鬼菩薩 116

第十五章 封魔 124

第十六章 供養 130

Contents

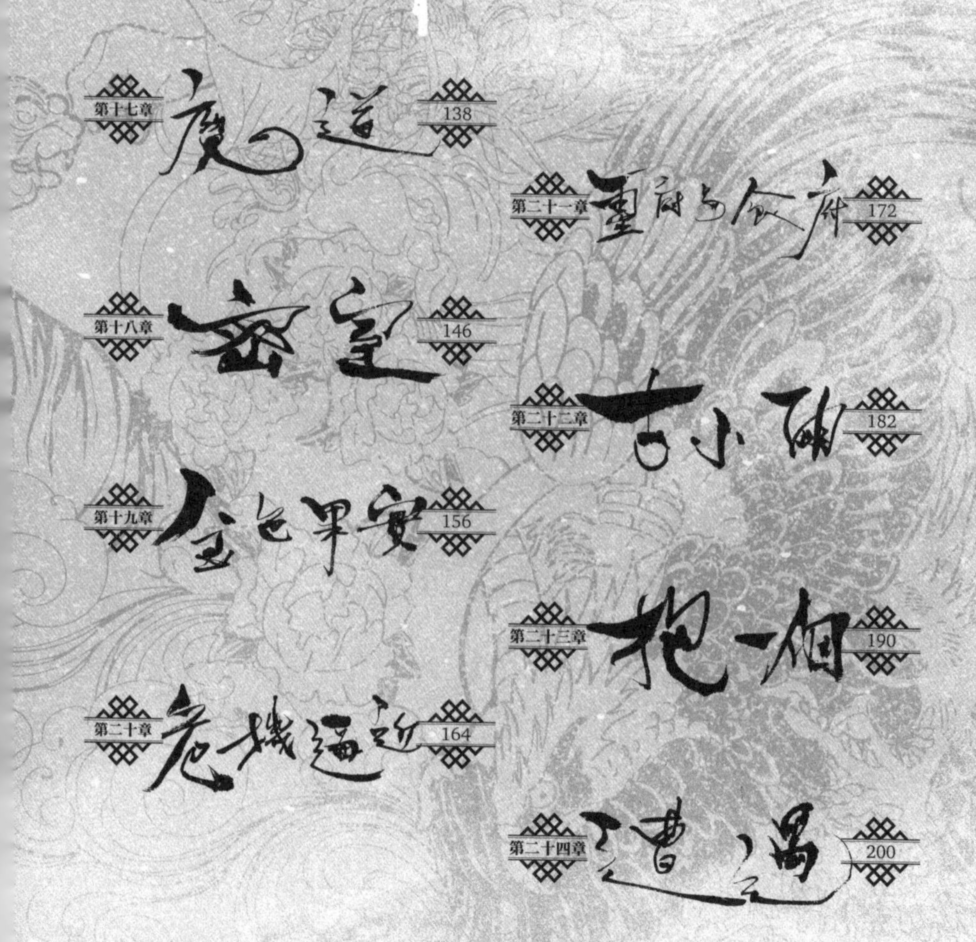

第十七章 魔道 138

第十八章 密室 146

第十九章 金色甲冑 156

第二十章 危機逼近 164

第二十一章 墨府與金府 172

第二十二章 古小雨 182

第二十三章 抱一個 190

第二十四章 遭遇 200

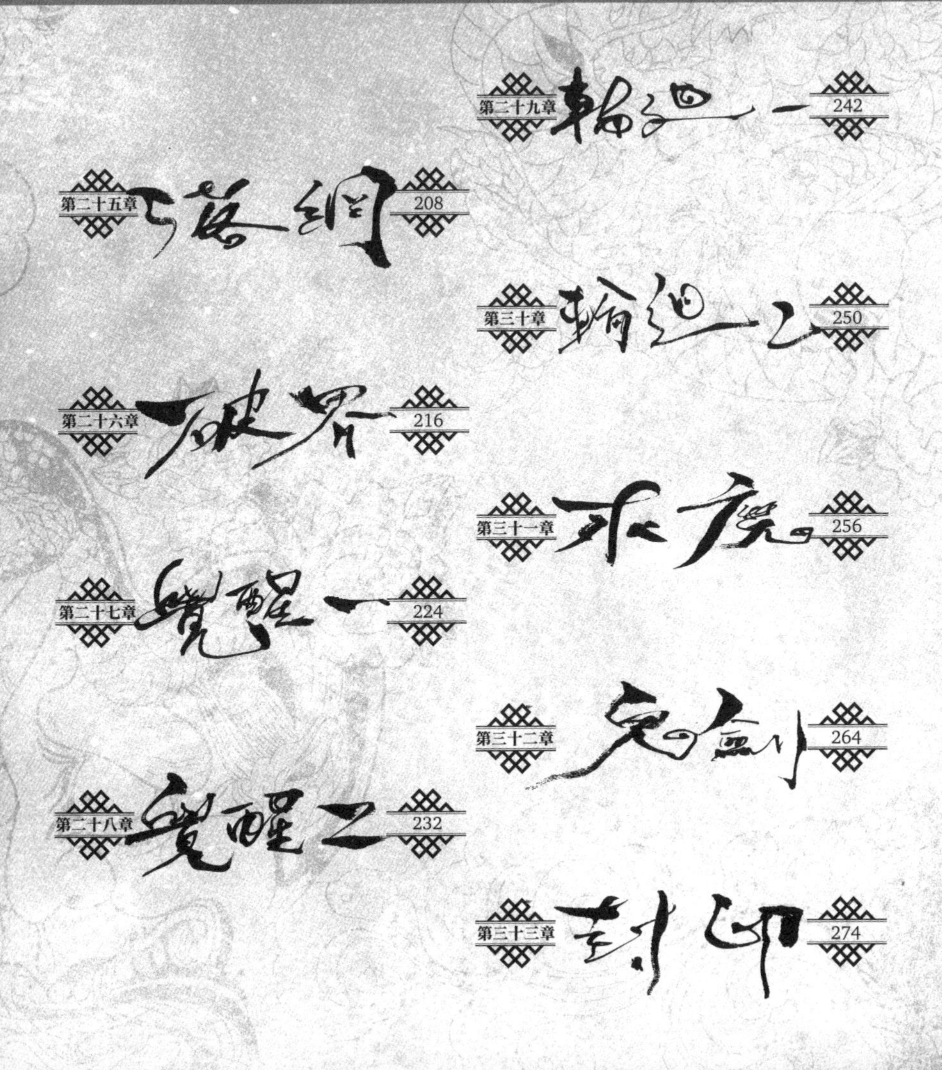

第二十五章 落網 208

第二十六章 破界 216

第二十七章 覺醒一 224

第二十八章 覺醒二 232

第二十九章 輪迴一 242

第三十章 輪迴二 250

第三十一章 水虎 256

第三十二章 鬼劍 264

第三十三章 封印 274

第一章 冰壁中的男人

約莫在三個月前，夜叉山下的白雲村逐漸變得古怪起來。

先是有人在夜裡聽到黑暗中傳來了妖怪的叫聲，後來更有村民親眼目睹有人在天黑趕著進村時被一隻黑色的手給拽住，只聽得一聲慘叫，那人便就此消失於黑暗當中。

偶爾有人趕在被抓走前逃入村內，依附在身上的黑手便會像是被燙到一樣，怪叫一聲後立馬縮回黑暗當中，不敢越過雷池半步，彷彿村裡有某種無形的力量正在默默守護著眾人。

廟祝說那些妖怪之所以進不來，全靠村裡拜的觀音菩薩保佑，只要一日有菩薩的金身在，白雲村就有一日的安寧，村裡的人對此也是深信不疑，侍候菩薩的金身比親媽還要親。

這一天的晚上，幾乎每個村民都聚了在一起喝酒澆愁，他們的話題基本都圍繞著夜叉山的劇變而展開。

有些人算了一下，離白雲村最近的烏蛟鎮少說也有四天的路程，要離開這裡前往烏蛟鎮就勢必要露宿荒野，可現在大伙兒入黑後連村門口都不敢出，更別提要在黑暗的鬼哭林中過夜了，回想起那些慘死者的下場，所有人無一不搖頭嘆氣，就此打消了離開的想法。

「走不了，這輩子怕是走不的了。」中年男人沮喪地舉起手

中的酒杯一飲而盡。

「只要晚上不出門，這裡還是能待的。」

「對啊，外面那麼危險，留在這裡也沒甚麼不好的。」

席間老獵戶陸空看到每人只會怨天尤人，兩杯白酒下肚後哀嘆聲仍然絲毫未減，老人終於忍無可忍，借著三分醉意拍案而起，冷冷道：「陸道！我們回家去！跟這群沒出色的傢伙待久了，遲早也會跟他們一樣變得平庸。」

同樣作獵戶打扮的年輕人陸道一聽就知道爺爺喝醉了，急忙替他朝眾人道歉：「不好意思，爺爺他喝多了，不好意思。」

陸空頓時皺眉屈起食指在陸道後腦結實地敲了一下罵道：「你才喝多了！我沒醉！」

陸道顧不得腦殼疼，一心只是想盡快平息事情，遠席中一名男子朝陸空投以不屑的目光並冷笑道：「我還想是誰在大言不慚，這不是鼎鼎大名的老獵人陸空和他那十七歲還妄想開竅的孫子嗎？」

老人怔了怔，張目結舌般像是被捅到要害般無法語言，爾後他情緒激動地轉身望向對方反駁：「陸道他一定能開竅的！」

「得了吧。」名叫王虎的男人完全不顧陸道，在場冷冰冰地說：「具修煉資質的人最晚在十五歲前就會開竅，在十七歲還能開竅的人根本聞所未聞！」

陸空頓時語塞，嘴唇雖然抖動著卻說不出一個字來，這番說話由王虎嘴裡說出來特別有力，因為他的兒子王磊三年前就因為成功開啟靈竅而踏上了修行之旅。

有好事之人見陸空臉色大變立馬搭嘴附和：「老說大伙兒自欺欺人，你這老頭又何嘗不是？」

「對啊！」

王虎見話風都吹向自己一邊的，於是便得意洋洋地朝老人擺了擺手：「滾吧。」

眾人一聽隨即起哄，席間頓時噓聲一片，陸空圓目一睜，怒髮衝冠，拉起衣袖衝上去想把王虎胖揍一頓，陸道急忙擋在兩人中間並拉著爺爺往門外走去。

在回家的路上，兩爺孫間彼此都不發一語，假裝甚麼事都沒發生的老人板著臉負手而行，陸道明白爺爺是因為著緊自己才會跟人起爭執，為了打破這片尷尬的氣氛，陸道安慰道：「爺爺，其實不開竅跟你留在村裡生活也挺好的，白天的時候一樣自由自

在。」

「自由？」老人望向木欄外的黑暗不屑道：「誰知道菩薩還能保大伙兒多久？被困在這種隨時保不住性命的地方又有甚麼自由可言？」

陸道還想說些甚麼，但是老人卻突然情緒激動地抓著陸道的兩肩：「聽好了，阿道，爺爺這輩子就是吃了太多沒開竅的虧！世界上只有開竅者才有修行的資質，只有開竅者能透過進食靈食來習得靈技！」

「明白了嗎？」老人目光如炬。

陸道看到老人眼中洋溢著對自己的期望，儘管他早已明白自己可能永遠都無法滿足老人的願望。

可他不想看到老人失望的樣子，所以即使這份期望早已成為負擔，壓得陸道喘不過氣來，但他仍然選擇笑著朝老人點頭：「嗯。」

「這才像是我陸空的孫子嘛！哈哈哈！」老人大笑著用力拍了陸道的後背一下，爽朗的笑聲傳遍了整條白雲村。

天邊泛起了魚肚白，黑暗如同潮水般被光芒驅散，大地經過漫長的一夜後終於迎來了光明。

古樹林立的夜叉山上，一隻成年公鹿正在林木間亡命狂奔，每次揚蹄都會有不少枯葉被刮上空中，未待落地，陸道的身影已經一掠而過，朝著公鹿追趕過去。

從小便跟隨陸空在夜叉山上狩獵的陸道，對這一帶的地勢環境早已嫻熟於心，追著追著他發現公鹿為了逃命，居然慌不擇路朝夜叉山禁地開始奔去。

陸道心感不妙，於是便站穩腳步，取下斜挎在肩上的獵弓，搭箭，強壯的手臂將弓弦拉了個滿弓。

*「嗖」*的一聲，箭矢射中了正在狂奔的公鹿，雖然命中要害，可牠疼叫一聲後又繼續往禁地方向跑去。

正當陸道猶豫著要不要追上去時，爺爺陸空威嚴的聲音在腦海響起：「打獵時千萬別接近禁地，那裡很危險！」

陸道只知道禁地在十年前有過一場激烈的正邪對決，兩人打了整整一天一夜，期間天崩地裂，鬼哭神號，戰鬥最後以正義一方勝出告終。

從此禁地便不斷傳出哀怨的嚎叫聲，大部分人都害怕是那魔頭在死後作祟，有急事寧願繞路走也不想接近禁地半步，因為那聲音聽上去實在太嚇人。

這可怕的叫聲維持了整整一年才消停下來，但是白雲村的人始終忘不了那繚纏於耳的恐怖，對於禁地還是覺得可免則免。

陸空對孫子叮囑的就僅僅只有這一條。

「可惡……」陸道不甘心地望著瘸腳的公鹿漸漸遠去。

大概沒有獵人會願意看著好不容易到手的獵物跑走，更何況這三個月來他爺孫倆都沒有甚麼收獲，日子過得挺拮据的。

陸道盤算了一下，眼瞧這公鹿也命不久已，沒準在禁地前就會倒下。

他沿著公鹿的血跡路追趕，不知不覺間空氣變得冰冷起來，呼吸時口鼻會有白煙冒出，未幾天空更下起了陣陣飄雪！要知道現在可是正值初夏！

這一切都是那名覺醒了冰系靈技的正派高手隨手一擊而造成的後果。

禁地一年四季如冬，樹木早已冷死，光禿禿的枝頭上沒有一片葉子。

陸道打個冷顫快步走入了鬆散的白雪當中，沿著雪地上的血跡和蹄印來到了一個冰窟前。

陸道朝洞口側耳一聽，果然聽到了公鹿虛弱的叫聲，聲音聽起來痛苦不已，他聞聲後頓時把爺爺說過的話拋諸腦後，快步地走入冰窟中尋找公鹿。

優秀的獵人不應該讓獵物承受多餘的痛苦。

湛藍色冰壁泛著微微藍光，冰道可容納三人同行，很快他就在最深處找到了正在掙扎嚥氣卻又死不去的公鹿。

陸道知道這種半死不活的狀態最叫人難受，二話不說拔出獵刀就讓公鹿得到解脫，望著公鹿咽喉中涓涓外流的鮮血，陸道向公鹿表達謝意：「謝謝你，因為你的犧牲我們才得以延續。」

溫熱還冒著熱氣的鹿血流淌至冰壁時被迅速吸收，冰壁滲透著的光芒突然變得忽暗忽明，湛藍色的光芒中忽然混雜了一絲嫣紅。

把公鹿扛到肩上的陸道也發現了異常，當他準備往外跑時，

冰壁內突然泛起了一陣強光，這一次要比原先任何一次都要來得強烈。

感覺……

就像是有甚麼東西在沉睡中甦醒過來。

光芒減褪後惡寒席捲全身，無形的壓迫力把陸道壓得十分難受。

一個人形的黑影憑空出現在陸道面前的冰壁之中，低沈的聲音驀地於冰窟中迴盪。

「你……渴望力量嗎？」

陸道心裡有點慌了，他不應該擅闖禁地的，如今就只能想辦法看看怎麼盡快逃走了，於是他應道：「力……量？」

「沒錯。」黑影道：「力量。」

「不需要。」陸道扛起公鹿就往外走。

「那麼……錢呢？」黑影見陸道對力量不感興趣後換了另一種萬惡之源來引誘他。

「錢？」本來還在往外跑的陸道一聽到錢字立馬駐足回首：「多少？」

「我可以給你數之不盡的榮華富貴。」黑影道：「保證讓你好幾輩子都花不完。」

陸道被黑影說到心動了，但很快他就重拾了理智，皺眉道：「你是在動腦筋吧？我可不會這麼容易上當的。」

「聰明。」黑影笑了笑，用手指了指胸前一根像是長刀柄的東西道：「只要你把這拔掉，我就給你花不完的錢。」

陸道聽罷立馬搖頭：「不要！」

「我開出的條件還是不夠誘人嗎？」黑影嘀咕了一句又道：「那麼本尊破例一次……你只要把它拔掉我便實現你的一個願望。」

「不用了，我沒甚麼想……」陸道突然打住了嘴：「慢著？一個……願望？」

黑影道：「沒錯。」

陸道眼中閃爍著希冀的光芒：「這麼説……開竅也？」

黑影得知陸道的願望僅僅只是開竅時不禁放聲大笑，整個冰窟裡都充斥著他巨響的笑聲。

「小鬼，你知道我是誰嗎？」

「當然知道，整個東青國都知道你是『鬼道行者』白邪。」陸道皺眉不悦道：「還有我叫陸道，不叫小鬼！」

「哼……靈獵公會那幾個老古董居然給我封了一個災號。」白邪輕藐一笑：「既然知道我是誰了，就該明白開竅對我來説根本不能當一回事。」

如果自己開竅了，爺爺會有多高興？扛著公鹿的陸道像入了魔似的，眼神變得迷離，臉上也揚著幸福的笑容，手不自覺地往冰壁上的封魔尺伸去。

白邪見狀亦不斷在其耳邊細語鼓勵：「對了，就這樣將封魔尺拔出來吧。」

一切看似水到渠成，然而陸道的手在快觸及封魔尺時又突然凝住。

「景陽村七戶三十二口，朱紅鎮七十二條人命，還有鑲龍城的靈獸暴走事件……」陸道閉上眼睛，口中不斷唸唸有詞。

「這些都是你害死過的人。」在把一大串名單唸完後陸道總算是清醒過來。

「小鬼……我只說一次，那些都不是我幹的。」白邪森然道：「否則不可能才死這麼少人。」

一股無形的殺氣隔著冰壁穿刺而出，直叫陸道不自覺地往後退了一步。

然而陸道已下定決心不再受白邪的迷惑，順著勢頭也不回地帶著公鹿從冰窟離開。

身後傳來白邪幽幽的聲音：「你會回來的⋯⋯你早晚一定會回來的⋯⋯」

陸道瞥了冰壁中的黑影一眼，白邪被定在原位置動也不動，確認對方沒法追出來後，陸道扛著公鹿，頭也不回地往白雲村奔去。

另一邊廂，爺爺陸空為了讓陸道開竅，拿著珍藏了十多年都不捨得喝的青梅酒來到了王虎家前，敲開了他的門。

王虎最初開門看到陸空時還以為他是來報仇的：「你來幹嘛？這裡不歡迎你。」

心性高傲的陸空聽到這一句後，嘴角肌肉不自覺地抽搐了一下，換作是平日估計早就跟對方打起來了，但整個白雲村近二十年就只出了一個開竅者，那就是王虎的兒子王磊。

陸道能不能覺醒就看王虎願不願意漏點口風出來了，老人心裡是這麼想的，於是他強迫自己笑著說：「老王，昨晚是我不對，你看我這不是給你來賠禮了嗎？」

陸空走進客廳，把酒罈的木塞子一拔，整間破爛的木屋頓時因為濃郁的青梅酒香而生色不少，王虎只是稍微一聞便曉得這是好酒，雖然品階不高，但已經是這窮鄉僻壤裡最好的酒。

王虎嗜酒這一點在白雲村裡早已是人所皆知，陸空也是瞄準這一點才特意帶酒過來的。

在看到王虎死死盯著自己手中的酒罈時，陸空拿起了桌上的兩個空酒杯，把它們裝至滿而不瀉，然後舉起其中一杯一飲而盡，笑道：「別客氣。」

王虎看陸空也喝了以後終於放下戒心，拿起酒杯聞了一下然後慢慢喝，一陣甘甜與辛辣的味道在他的舌頭上漫延、擴散。

「好酒。」王虎喝完以後的第一個感想。

王虎才剛把酒喝過，陸空連喘氣的機會都不給他就立馬切入主題：「對了，老王啊，我這次除了來跟你賠個不是，其實……其實還想跟你打聽一下你兒子的事。」

王虎本來就仗著自己的兒子是開竅者而在白雲村裡作威作福，平日就只有眼前這老頭敢跟自己過不去，因為他確信自己的孫子遲早也會開竅，到時他就會跟王虎平起平坐，所以兩人之間的交流總是充滿著火藥味。

眼見這平日傲氣甚重的陸空今天居然向自己低聲下氣，和顏悅色地向自己賠禮，這下可真把王虎給爽壞了。

「所以你是想知道阿磊他是怎麼開竅的？」王虎暗地間開始動歪腦筋。

陸空尷尬地點了點頭，王虎微笑著又把自己的酒杯倒滿一飲而盡，瓊漿入肚的同時一個壞念頭也隨之而生。

「看在青梅酒份上就告訴你吧，其實一年前那小子上火了，嗓子難受，我弄來了一些春生草給他清熱下火，沒想到他喝完以後就開竅了。」

「春生草？」陸空訝異道。

他之所以會吃驚並非因為春生草是甚麼珍貴食材，而是這種有著清熱解毒的草藥在村外到處都是，稀有度基本為零。

「只可惜現在都夏天了，不知道還有沒有。」王虎說到這時很自然地流露出婉惜的表情。

王虎說著同時還不忘用眼角的餘光偷偷看了陸空一眼，老人果然如他所料，喝了沒兩杯就托辭離開。

幸好現在只是盛夏之初，運氣好的話說不定還能找到一兩株尚未凋零的春生草！

心急如焚的陸空顧不得即將黃昏，一路往村外奔去，現在分秒必爭，陸道已經比常人晚了兩年，再晚一年當體內靈竅一閉就會落得跟自己一樣平凡的下場。

王虎靠在窗邊壞笑地望著老人急步離去，他早就看這個老頭不順眼了，於是便把握機會，利用對方焦急的心理好好折騰他一番。

兒子服用春生草後開竅也只是他臨時編出來的謊言，沒想到陸空卻輕易信以為真。

「真想看看他希望落空時的表情啊……」嘴角上揚的王虎悄悄地把窗戶關上。

鬼哭林中，老人佝僂著腰細心查看著地上每一株植物，愈走愈往深處走去。

「咱家陸道可不比王家那小胖子差！既然他吃這玩意兒能開竅，那麼陸道一定也能！」當陸空忘我地尋找著春天的尾巴時，黑暗已在不知不覺間如潮水般漸漸將整座夜叉山淹沒。

此時陸道扛著公鹿回到家中興奮地喊道：「爺爺！你看我今天打到了甚麼！」

家中寂靜無聲，明明天已漸黃但家中卻沒有像平日那樣點起油燈，陸道把公鹿放下後在家中轉了一圈。

「……爺爺？」

第三章 斗魔

「找到了！！！」陸空手握著一把金黃色的長草在草叢中激動地叫道。

為免自己老眼昏花看錯，老人還特意把金色長草放在鼻子下聞了聞，雖然已經快要凋零了，可這淡如春風的味道無疑是春生草獨有的味道。

陸空在這附近找了好一陣子，現在是夏迎花的季節，他手上的恐怕已經是今年裡最後一株春生草，從採收時的狀態來看恐怕來晚一點點也要沒了。

想到這時老人更是珍而重之地將春生草裝入腰間的獵袋中，滿意地拍了拍：「阿道，你可別辜負爺爺的期望啊！」

興奮過後老人抬頭望向天，發現能保護自己的光明即將消失。

「糟糕，顧著找春生草，把時間都給忘了。」陸空緊張起來。

四周隨著太陽的落下而逐漸變得昏暗，遠處的陰影中開始傳來低沉的嘶吼聲，即使不是開竅者，獵人的第六感不斷警告陸空，陰影之中有東西正在朝他逼近。

這種強大的壓迫感恐怕已經能夠與靈獸互相抗衡，也就是說那玩意並非尋常之物，也絕非自己能夠應付的等級。

最後的光芒正朝著白雲村的方向靠攏，陸空撒腿就跑，這裡離村不過一里，以他的腳程應該能趕在太陽徹底下山時回到村裡。

只見他嫻熟地在林中左穿右插，竟然還真的把黑暗中之物給甩了在身後，然而陽光消失的速度遠比他想像中的還快，陸空沒辦法只能抄鋸齒草比較多的小路來跑。

擠身於鋸齒草群中，身上的獸皮獵衣和外露皮膚很快就被劃出一道道破口，陸空咬著牙忍痛前行，沒想到在小路盡頭等待著他的卻是被土石流封住了的出路。

嘶吼聲已經來到了身後，老人迫於無奈只能朝另一個方向跑去，此時夜幕已降臨鬼哭林，他孤身一人無助地在黑暗的森林中跌跌撞撞。

在極度的恐懼之下，老人迷失了方向。

一陣刺耳的女人哭叫聲冷不防在陸空耳邊響起，他被嚇得只能漫無目的地向前跑動。

漆黑的鬼哭林卻一點都不安靜。

狼嚎，蟬鳴，貓頭鷹在笑。

當中也夾雜著陸空驚慌的叫聲：「阿⋯⋯道！阿道啊！」

此時陸道在家中默默地用碗把已經涼掉的飯菜蓋起來，憂心地望著窗外：「爺爺到底去哪？」

鬼哭林中一直緊隨在陸空身後的東西露出了原形，那是一團黑霧狀不可視之物，老人發現身後的黑霧即將追上自己，心中正想放棄之際，一座破棄的觀音廟如同救世主般出現在他面前。

本來快要熄滅的希望之火再度重燃，陸空加快腳步，用身體直接衝開了觀音廟半掩的破門，一座面目慈祥，手執淨瓶楊枝的觀音像赫然出現在老人的眼前，即使欠缺打理灰塵蛛網滿佈，但依然能給人一種神聖的感覺。

陸空慌張回首一望，霧狀之物果然對觀音菩薩有所畏懼，不敢踏入廟的範圍內，陸空終於長舒一口氣，總算是安全了。

老人急忙跪著走到觀音像前磕頭，口中不斷唸唸有詞：「望菩薩娘娘保佑，乖孫陸道能早日開竅，老朽別無所求，菩薩千萬要保佑他啊⋯⋯」

即使身處險境，老人還是把握機會將自己畢生的願望告訴給觀音菩薩，一遍又一遍。

在他不斷禱告期間，一滴鮮血從被鋸齒草劃出來的傷口中順著手掌滴落至地上，鮮血剎那間被地板吸收，本該慈眉善目的觀音像突然詭異地笑了起來，臉上也驀地出現了一道裂縫。

裂縫中滲出了大量黑霧，將陸空緊緊包裹在其中，黑霧變得愈發濃郁，陸空的身影由清晰可見逐漸變得模糊，最後徹底消失。

「望觀音菩薩……保佑……」聲音漸發虛弱最後戛然而止。

陸道在白雲村挨家挨戶詢問鄰居有沒有見過自己的爺爺，然而問了一大半人都說不清楚，最終打鐵匠家六歲大的小孩告訴陸道，他曾看到老人在下午時進了王虎家門。

陸道聞訊後大驚，因為全村都知道心性傲慢的爺爺跟王虎不合，而且昨天兩人還差點打起來，他急忙朝王虎家奔去討人。

在門即將被敲壞時，王虎罵罵咧咧地把門打開，三字經還沒罵出口陸道就一把將王虎撞開，衝入屋內轉了一圈，最後陸道兩手拽著王虎的衣領把身材矮小的他整個人給提得雙腳離地，眼中盡是殺氣地緊緊盯著王虎質問：「我爺爺在哪？」

王虎假裝不知情，結巴道：「甚……甚麼你爺爺？你家爺爺

不見了，跑來我家找幹嘛？」

「有人看到爺爺他下午來你這了。」陸道情緒有點不穩定，把王虎提得更高：「我再問你一次他在哪裡？」

「不……不知道！」

陸道看著眼前這睜眼説瞎話的男人，突然間他覺得手中所提的根本不是一個人，他恨恨地咬著牙騰出一隻手往獵刀伸去。

「我再給你一次……」

正當陸道不打算再跟王虎客氣，準備逼問出爺爺下落時，屋外傳來了鄰居的叫聲：「阿道，你爺爺回來了。」

陸道頓時欣喜若狂將王虎順手一丟後便奪門而出，趴在地上一臉灰的王虎愣坐在地上自言自語：「平安回來了？」

陸道一路狂奔，很快地一個熟悉的身影便出現在眼前，他激動地迎了上去叫道：「爺爺！」

然而「陸空」卻一反往日不怒自威的常態，頂著一副呆滯的表情搖搖晃晃地走在路上，與上前想要擁抱他的陸道擦身而過，自顧自的往村裡走去。

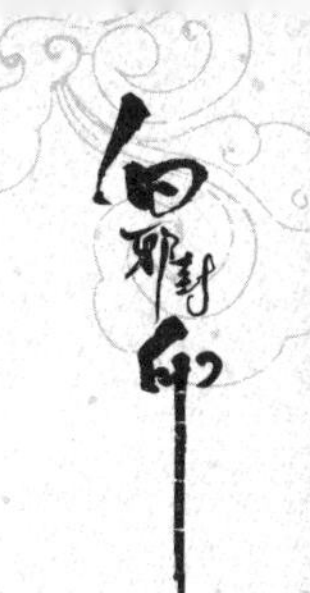

陸道慌張地跟在老人身後慰問：「爺爺？你是怎麼了？哪裡不舒服嗎？」

老人沒有理會他一直走，直至到了觀音廟前才停了下來，陸道也跟上去拉著老人的手臂想往家裡拽：「爺爺，別鬧了，我今天打了一頭鹿回來，今晚有肉可以吃了，爺……」

話還沒說完，陸道後腦勺就遭到想要掙脫的老人一下重擊，眼前頓時一陣花白，差一點就昏了過去。

老人像是著了魔似的想衝入觀音廟內，然而一道無形的光壁卻將老人攔在外面，任他怎麼揮拳，光壁只是在表面泛起了陣陣能量波動，絲毫沒有受損。

好不容易回過神來的陸道甩了甩腦袋，轉身笑著再度嘗試拉走老人：「爺爺，再不回家，飯菜就要涼了，爺爺！」

廟祝剛好吃完晚飯回來，來到門口時發現居然有兩個男人在觀音娘娘面前拉拉扯扯，正想發火之際他忽然臉色發白地對著陸道說：「阿道！喂！阿道！」

陸道正發愁著拉不動爺爺，聽見廟祝的聲音後急忙求救：「廟祝你來得正好，快幫我把爺爺拉回家。」

「阿道，你冷靜一點。」廟祝像是看到甚麼不得了的東西，神色慌張地朝他招手說：「放開你爺爺然後慢慢過來。」

「甚麼意思？」陸道話音畢落，老人突然狂性大發，拳頭重重地朝阻攔自己的光壁砸去，起初光壁也只是閃爍不斷，久而久之上方慢慢出現了一道裂痕。

廟祝一看驚呼道：「他想把保護我們的觀音廟給拆了！」

陣陣騷動引來了所有村民的注意，在發現有人居然想把大伙兒的救命稻草給拔走時紛紛上前阻止，陸道因此也被村民擠了出去。

然而陸空如今卻變得力大無窮，手一揮就倒下了數人，再一揮又倒下了幾個，陸道想衝上前時被額頭流血的廟祝攔了下來：「陸道！看清楚！他已經不是你的爺爺了！」

「開甚麼玩笑！爺爺他只是……」話才說到一半，陸空七竅中突然噴出了大量黑霧，然後分別進入了所有倒地的人體內，被擊倒的村民很快搖搖晃晃地再次站起來，猶如行屍走肉般拍打籠罩著觀音廟的光壁。

目睹這一幕後，陸道把原本想說的話又嚥了回去，此時廟祝突然把一道符咒塞到陸道手中叮囑道：「這張靈符能保你在一百

個呼吸間不受任何邪祟傷害，帶著它有多遠跑多遠！」

陸道還想說點甚麼，但是一些村民開始接近並準備襲擊尚未同化的兩人，廟祝急忙將陸道推開大喊:「跑啊！我撐不了多久！」

廟祝跟陸道一樣是一個靈竅未開的普通人，而且跟爺爺年紀相約的他想要攔下所有村民根本是不可能的事。

「喂！你們！這邊這邊！」但廟祝還是靠著大吵大鬧吸引了村民的注意，為陸道爭取了寶貴的時間。

陸道來到村口，黑暗中的妖物興奮不已，紛紛發出了滲人的叫聲。

「來吧……過來這裡……」
「吃了他……吃了他……」

陸道沒有退縮，他把靈符緊緊捏在手中然後深深地吸了一口氣。他還沒有絕望，因為還有辦法能拯救大家！

陸道的腳最終大膽地跨進了黑暗之中，邪祟之物果然如廟祝所言，無一敢上前來犯。

這一次他要以魔制魔！

第四章 惡魔的契約

黑暗中陸道孤身上山，此刻的他被一團透明的光罩所保護，將黑霧隔絕在外。

然而這份來自靈符的保護是有限制的，它只能保護陸道在一百個呼吸間的安全，完結後便會失效，屬一次性的消耗品，從光壁的質量來看怕且買下這一張符便傾盡了廟祝的所有。

正正因為靈符的局限性，每一口呼吸都顯得異常珍貴，為了能在一百個呼吸前抵達夜叉山禁地，陸道每次換氣都會停下來把肺裡所有的廢氣吐出，然後竭盡全力地吸入氧氣。

陸道平穩著心情避免被外界打擾，全神貫注地往禁地方向走去，邪祟不斷在其耳邊低語：「沒用的……你剩餘的呼吸已經不多了……放棄吧……」

陸道看了一下靈符，上方用朱砂所畫的咒文在經過二十個呼吸後，已經漸漸褪色，大概在咒文消失的一瞬間，靈符也會失去保護他的功用。

怎麼辦，剩下不到八十個呼吸了，但禁地還是遙遙無望，當陸道心中萌生出一絲怯意，一頭邪祟冷不防地撞了在光壁之上。

陸道被嚇得措手不及，呼吸一下子亂了起來，他急忙摀住嘴巴穩定情緒，腦海中不斷慌張地自問：「剛才浪費了幾個呼吸？

五個？十個？」

他看了一下手中的保命靈符，上方的朱砂咒文又淡了許多，筆觸較淺之處更是已經消失。

邪祟們目睹後，陣陣詭異的笑聲又從四周的黑暗中傳來。

不行……這樣慢慢走下去肯定無法抵達禁地。

眼見四周的黑霧變得愈發濃郁，陸道在一個深呼吸後突然拔足狂奔，每當身體快要支持不住需要呼吸時，他便用力往前一蹬，借著衝力飛越一小段距離後重重摔在地上滾了幾圈。

從夜叉山之巔俯瞰會看到陸道不斷跑一段、跳一段然後滾一段。

皇天不負有心人，在一次翻滾後陸道火辣的臉上感受到刺骨的寒意，他這才發現自己在不知不覺間已經來到禁地入口，此時靈符上就只剩下兩道筆痕。

籠罩在身體四周的光罩已經滿佈裂紋，光芒已經黯淡得幾乎不可視，黑霧這才意識到自己低估了陸道，紛紛把握最後機會想要抓住他。

光罩被抓得乒乓作響，猶如鑼鼓齊鳴，此時的他已經無法作出過於複雜的思考，只是不斷重覆奔跑、跳躍、摔下再爬起這幾個動作。

「抓住他！！！」

陸道重重摔在雪地上，渾身沾滿白雪後深深地吸了一口氣，同時間靈符上的筆痕也剩下最後一道。

黑霧在最後關頭像對付陸空一樣緊緊裹住了陸道，光罩被強大的力量擠壓得噼啪作響，不時有光罩的碎片落下。

再無退路的陸道眼神已變得迷離，一副隨時都可能倒下的樣子，他搖搖晃晃地把全身所有的力量集中在腳上，朝著禁地盡頭的冰窟助跑，縱身一躍。

在他飛躍的途中，時間彷彿緩慢起來，意識迷糊的陸道看著最後一道筆痕散失，光罩也被壓至粉碎。

當黑霧於空中正要觸及陸道之際，陸道已重重地摔入冰窟當中，在滑溜的冰面上長長地滑行了一段距離。

冰窟中的空氣又乾又冷但陸道仍然貪婪地大口呼吸，同時焦急地朝洞口望去，黑霧果然被隔離在冰窟外，一道無形之壁把它

們攔下。

「可惡……」禁地冷風一吹，黑霧狠狠地隨著飛雪消失在雪地之中。

「成功了……」陸道有氣無力地朝冰窟深處，「那個人」所在之地緩步走去。

湛藍的冰壁沒有像上次那樣泛起光芒，陸道來到了對方上次現身的地方，也就是封魔尺所在的位置大喊。

「白邪！」

陸道的聲音於冰窟中不斷迴盪，但冰壁內的男人沒有因為他的呼喚而產生半點反應。

「你滿意了吧！我如你所願又回來了！」陸道再次用力地拍了冰壁數下，除了手掌被堅硬的冰塊砸疼外，還是一點反應都沒有。

正當他不知道該怎麼辦時，光滑無痕的冰晶地道提醒了陸道。

「上次的血跡怎麼消失了？」陸道在附近看了一下，果然沒有半點血跡留下。

「難道說……」陸道一個激靈，掏出獵刀想也不想就在掌心間狠狠地拉了一道口子，頓時間鮮血直流。

他咬著牙冒著被冰凍的危險把手掌一下拍在冰壁之上。

冰面像是有意識般開始大肆吸血，同時也跟上次一樣強光閃現，待光芒退卻後人形黑影便再度出現於冰壁之內。

「是你啊。」白邪道：「你果然回來了。」

「願望……」陸道一臉凝重對著冰壁內那長相俊美的大魔頭道：「是不是把你放了，你就實現我一個願望？」

「哦？」白邪被這話吸引著：「怎麼突然改變主意了？」

「村子被妖怪入侵，大家都被附了身。」陸道咬著牙悲憤道：「只有我成功逃了出來。」

白邪壞笑道：「所以才不得不來這裡求救？」

他雙手按在自己胸口上，語氣誇張道：「向我這種魔道中人求救。」

「你的話應該能打敗那些妖怪吧？」陸道與冰壁中的黑影互

相凝視：「你只需要告訴我辦到還是辦不到就行了。」

「自然是辦得到，只不過我改變主意了。」白邪高傲道：「上一次你拒絕了我的好意，這一次你想要我幫你的話必須獻上更寶貴的東西，否則你憑甚麼使喚我？」

陸道咬牙道：「我……沒錢。」

「錢？那對我來說沒有任何價值。」白邪把臉貼近冰壁，隔著冰層用惡魔般的聲音在陸道耳邊低語：「只要你獻出肉身，我就替你救回他們。」

「獻出肉身，那我不就……」陸道訝異道。

「你將不復存在，而我將會取代你重生。」白邪平淡道。

本來白邪還以為陸道會就此放棄，沒想到陸道猶疑片刻後就來到了封魔尺的面前，精緻的尺身上刻有複雜的冥紋，隱隱透露著的肅殺之息不斷訴說著自身無匹的力量。

「喂，小鬼，拿起來以後，你就不會再是你了，決定了嗎？」在陸道拔起封魔尺前，白邪假裝不經意地提醒陸道這舉動意味著甚麼。

「只要能救回大家，你想要甚麼都通通拿去。」陸道兩手握著封魔尺深深吸了一口氣後發力：「所以……」

「喀嚓……喀嚓……喀嚓……」

冰壁表面以封魔尺為中心出現蛛網般的裂縫，隨著陸道發力，網狀裂縫擴張得愈來愈大，甚至漫延至整個冰窟。

「請把你的力量借給我！」

隨著清脆俐落的一聲「咣噹」，通體漆黑的封魔尺帶著細碎的冰屑被整把拔起！而封印著白邪的冰壁也化為碎冰倒塌，揚起的白色冰璺將陸道裹在其中。

一道黑影佇立於白色的冰塵之中，因重生而狂喜著。

「爺爺他們……就拜託你了。」一把虛弱的聲音於空氣中輕輕迴盪，飄散然後消失。

第五章 

王虎後悔了。

要是沒有騙陸空出去找春生草，對方也不至於把這些邪祟招惹回來。

「怎麼辦？」藏身於柴房中的他摀住口鼻連大氣都不敢喘。

已被附身的村民正搜尋著王虎的蹤影，他透過門縫悄悄地看了外頭一下，心中立馬哭喪道：「媽啊……怎麼都跑過來了！」

三名村民在王虎家中翻箱倒櫃，連床底下都找過都沒找著，最終他們一致地把目光落在柴房上。

躲在木板後的王虎望著三人正朝自己奔來，絕望的無力感湧上心頭，此時的他不斷在腦袋裡想著該怎麼辦。

*「呯咣」*一聲，門被為首的村民踹開，三人迅速湧入柴房後居然沒有找到王虎！當他們發瘋似的又在柴房中翻箱倒櫃時，柴房角落一個不引人注意的窗戶正悄悄地被關上。

窗外，眼泛淚光的王虎倚牆而坐，他摀著嘴巴以免自己因害怕而叫出聲來，在確認自己沒有被發現後又連滾帶爬的從家裡逃了出去。

可當王虎狗爬似的爬離家門沒多遠，遠處迎面又走來了數名村民，匍匐在地的他一見頓時方寸大亂，情急之下別無選擇只能一頭栽進滿是泥巴的豬圈中。

一股令人作嘔的酸臭味迎面撲來，王虎逼於無奈只能強忍著反胃感覺繼續往裡頭爬，扎堆於豬群之中，為了活下去王虎也是豁出去，他拿起豬圈的臭泥往自己臉上和全身塗抹，期間好幾次都差點吐出來。

假裝成家畜的王虎躲在豬圈中看著村民從面前走過，長長舒了一口氣，總算是安全了。

正當他以為自己能僥倖逃過一劫之際，身體卻冷不防地被人提了在半空，這是他今天第二次被人提了起來。

他哇的一聲慘叫了出來，當他看清楚是誰提著自己時，心裡頓時涼了半截。

因為不是別人，正是被自己害成這樣的陸空！

渾身發臭的王虎被隨手丟在觀音廟前，直叫他疼得嗷嗷叫，廟祝被繩綑住手腳躺了在王虎身邊慰問：「老王！你沒事吧？」

王虎驚慌地問道：「他們到底想幹甚麼？」

廟祝嘆道：「恐怕是想用咱倆的血來破掉觀音廟的守護。」

「甚麼？？？」王虎大驚失色，再望向村民，當中有人正將一把殺豬刀遞給了陸空，老人接過殺豬刀後臉上殺意滿盈，獰笑著提刀朝王虎逼近。

王虎渾身發抖，哭喪著臉在地上試圖爬離陸空，可對方三步併作兩步來到他的面前。

「不……不要啊！」王虎因驚慌而死死睜大的瞳孔中，倒映著陸空舉刀的身影，不遠處的廟祝也閉上了眼睛不忍直視。

正當陸空要了結王虎之際，夜空中突然奏起了一陣幽幽的笛聲，聲音中似乎有著某種力量，陸空聽到以後神色變得凝重。

王虎慌張地朝四周觀望，廟祝也睜開眼睛尋找笛聲來源。

村民很快便接連倒地，黑霧經由七竅從體內逃逸而出。

陸空體內的黑霧也一度受笛聲影響，它感覺到比起驅趕，笛聲更接近是一種強烈暗示在迫使自己離開陸空的身體，它咬牙把頭一甩，分散出去的黑霧頓時盡數全吸回體內，這才能穩住了神

志。

「是誰！」陸空大吼時聲音彷彿由數十人重疊而成，有男有女，有老有嫩。

笛聲冷不防地在觀音廟頂上奏起，陸空順著聲音抬頭一望。

月光如練，一身黑服的少年被勾勒出銀色的輪廓，身形纖瘦的他閉著眼睛佇立於簷頂之上，吹奏著手中的綠笛，飄渺空靈的笛聲悠然響起，少年束起的長髮隨著晚風輕拂而飛舞，十分飄逸。

奏起的笛聲再度叫陸空頭痛欲裂，倒在地上的王虎抬頭仰視少年，在發現對方的身份後，蒼白的嘴唇震驚得顫抖不斷，半天也吐不出一個字來。

身旁的廟祝望著簷頂時也流露出意外的表情，一個熟悉的名字也從他口中脫口而出。

是陸道！

但在廟祝和王虎的記憶中，陸道是一個正直樸實，散發著陽光氣息的少年。眼前之人，雖然頂著陸道的臉，但全身卻散發著一股令人畏懼的陰邪之氣。

「你是甚麼人！」陸空不敢輕舉妄動。

少年垂下笛子，蒼白得毫無血色的臉上露出了一絲笑意，手輕輕一晃，掌心的笛子便馬上化成一把墨黑的長尺，形如木刀，長三尺七寸，金色的冥紋逆著月光綻放著微弱的光芒。

「本尊的名字，你沒必要知道。」少年的身影轉瞬即逝，一眨眼就已在陸空面前，手中的封魔尺迸發著耀目的光芒重擊在老人身上。

封魔尺內蘊藏的力量一下就將黑霧從陸空體內驅逐出來，脫離危險的他在原地晃了晃就昏倒過去。

「帶走他。」少年命令道。

在旁的廟祝見狀急忙連拉帶拖的把陸空拉走，免得被捲進陸道與黑霧之間的戰鬥。

不過……眼前這邪魅狂狷的少年真的是自己所認識的陸道嗎？

四散於空中的黑霧發出刺耳的厲叫聲重新匯聚成形，這一次眾人終於看到它的真面目，一具被黑霧包裹懸浮在空中的骸骨。

「影觀音。」少年看到黑霧現出原形後淡然道出了它的真名。

影觀音，一般出現於人煙稀少的野廟內，起初以人的信仰為食糧，後以捕食人的靈魂為食糧，屬有害的妖怪。

暴怒的影觀音揮舞一雙瘦長的爪子想將陸道撕成碎片，然而對方只是輕輕揮動手中的黑尺，爪子就被削成了黑霧。

「可惡啊！！！！」影觀音舉起前端已經消失的手臂悲憤地怪叫。

少年於心中默念，這夜叉山四周的靈氣異常貧瘠，頂多就只能出些不成氣候的小鬼或者行屍，眼前這隻已經開啟靈竅的妖怪，不是從外地遷入就是被人所飼養。

根據剛才一番暗中觀察，他認為比較偏向後者。

少年以黑尺抵在影觀音的面前質問：「說，你主人呢？」

影觀音頓時征了征，眼角餘光瞥了離觀音廟最近的王虎一眼，壞笑一下催動被削散於空中的黑霧襲向王虎，他整個人冷不防地站了起來然後朝觀音廟一頭撞去。

*「咣咚」*一聲，隨著王虎頭破血流，昏死在地，早已殘破不

堪的光壁終於整面碎開，失去效力。

整座白雲村頓時失去守護，大量聚集在村外的亡魂走屍湧入村內，影觀音獰笑道：「面對數量如此龐大的妖物，你還能像先前那樣淡定嗎？」

「不知天高地厚的傢伙。」少年哼了一聲，手中的封魔尺又化作綠笛被吹響。

這次奏起的樂曲如同凜冽的寒風般尖銳，所有亡魂走屍聽到笛聲後不約而同地靜止下來，隨後便如潮水般湧向影觀音，本來還以為自己已將局勢扭轉過來的影觀音，萬萬沒想到眼前這少年居然能以笛聲操控邪祟！

這就是鬼道行者白邪叫世人為之恐懼的特殊靈技。

「驅邪」。

影觀音情急下催動黑霧又化了一雙爪子出來，不斷將任何試圖接近自己的東西都撕成碎片，可是這些邪祟數量眾多，它打倒一批又馬上會有另一批湧上來，沒完沒了。

本來影觀音還當這些妖物是自己的殺著來使用，未料這龐大的數量到頭來卻害了自己。

堅持了一段時間後，影觀音最終還是招架不住，被妖物一湧而上吞噬了，等到再也感受不到影觀音的氣息後，少年又用笛子吹起了安魂曲，笛聲空靈祥和，給人平靜的感覺，亡魂隨著樂曲化成了青煙，走屍搖搖晃晃走了幾步後也倒地化作飛灰，隨風飄散。

待一切結束後，少年把笛子別在腰間轉身準備離去，一把顫抖的聲音在他的背後驀然響起。

「阿道？」老人熟悉的聲音悄然傳來。

少年停下了腳步，頭微微一側，蒼白的臉上沒有一絲血色，更沒有任何表情。

第六章 傳承

老人上前拉著少年，沒想到卻被對方的神態給嚇了一跳。

少年墨黑的雙瞳中一片古井無波，明明頂著一張陸道的臉，可老人還是衝口而出問道：「你……你到底是誰？我的孫子陸道呢？」

按照兩人在冰窟中的約定，陸道獻出自己的肉身以換取白邪附身，拯救白雲村。

當看到眾多村民相繼平安無事地爬起來後，白邪已經履行承諾，陸道的身體本該就此由他所接收。

但這僅僅也是「本該」而已。

陸道幾近消失的意識在聽到陸空的聲音後逐漸甦醒，白邪突然感到一陣心悸，每當心臟跳動一下，陸道的意識便愈發清醒，同時間白邪的力量亦不斷在減弱著。

「甚麼！？」白邪一驚，閉上眼睛以靈視內窺自身，只見陸道的靈魂正不斷汲取著他的力量，連被他藏在自己靈魂深處，屬於鬼道的傳承之火也被抽出，與陸道的靈魂融為一體。

傳承之火藍色的焰光在與陸道融入後驟然熄滅，一顆碩大的種子平靜地落入了陸道乾涸，空無一物的靈海當中。

要不是親眼目睹，白邪或許還會以為是某個人在跟自己開玩笑，傳承之火的歷史大概沒有人會比他更熟悉了。

據說這是千餘年前由鬼道老祖給自己的繼承人所留下的火種，只要得到火種後成功通過試煉，便能得到鬼道老祖的部分力量，即使只是老祖不完整的力量傳承，但在這靈氣逐漸枯竭的世界裡也足以讓人不敢小覷。

當年的白邪跟陸道一樣屬於無法開竅的體質，但不死心的他像陸空一樣苦苦尋找著能讓自己開竅的方法。

白邪在南紅國某個荒蕪的遺跡裡，意外在一具屍骸上得到了繼承之火，以鬼道之力將靈竅開啟，從此踏上修行之道，最終導致自己被封印在夜叉山禁地之中。

這團藍色火焰是白邪一切的開端，沒有人比他更明白傳承之火的重要以及意義。

即使是保管了火焰十多年的他，也是頭一次知道火種中還真的蘊藏著一顆神秘種子。

白邪的力量和意識漸漸被陸道所壓制下來，在他的意識被一股強大的靈魂強行壓下來時，白邪哀怨地對著陸道的靈魂喊道：「你選擇了這小鬼嗎……老祖……」

白邪的意識才剛被壓下，陸道已立馬取回身體的控制權，如夢初醒的他看到老人安然無恙後便激動地將對方擁入懷中。

「爺爺！」

前一刻給人的感覺還是如此的陌生，下一秒又突然變回了原本的陸道，對此陸空也是一副摸不著頭腦的模樣。

「阿道……你這是怎麼了？」陸空擔心的慰問道。

其實陸道對剛才發生的事情一無所知，印象中最後的畫面就是在禁地中拔出封魔尺解放白邪，接著便眼前一黑，陷入了沈睡當中。

朦朧間他發現自己彷彿懸停在虛空之中，在他的底下是泛著閃閃金光的光陰之河。

光陰之河由不可知處流淌而來，接著也會繼續流動前往另一個不可知的地方。

陸道在河旁發現了一名身穿黑色長袍的長髮男子，對方正對著時間之河撫琴而奏，琴音淙淙，在那修長的手指下緩緩流淌。

「現在的你來這裡為時尚早，回去吧。」只見對方發現陸道

之後手輕輕撥動琴弦，金色的河水頓時變得洶湧起來，強烈的失重感讓陸道一個猛地扎醒了過來。

正當他想把發生的種種一股惱兒全跟爺爺傾訴，可他正要把話說出口時，白邪突然佔領了陸道的身體往夜叉山上奔去。

虛弱的老人在其身後不斷喊道：「阿道……你別走啊……」

山路上，白邪操控著陸道的身體往夜叉山深處奔去，陸道在心中抱怨：「你在幹甚麼？快讓我回去！」

「你被傳承之火選中了。」一臉不悅的白邪邊跑邊說：「從現在起我非但不能對你進行奪舍，而且我還必須保護你……直到完成我們的使命為止。」

「使命？」陸道接著又說：「我們？」

白邪進入夜叉山最深處，這是連一般老獵人都不敢貿然進入的幽谷，大量死去的動物在此長眠化作白骨，屍體腐爛時產生的氣體使這裡終日被瘴氣所籠罩。

白邪站在一塊巨岩上俯瞰被瘴氣所淹沒的谷底，仔細一看不難發現石壁上有著兩扇巨大的青銅門，由於年代已久門上都爬滿了綠鏽。

「該死……以你的修為根本進不去。」白邪望著在瘴氣中若隱若現的青銅門沮喪道。

「你所說的使命到底是甚麼？那扇門又是怎麼一回事？」陸道腦海中想要弄明白的事情實在太多太多了。

白邪嘆了口氣於巨岩上盤腿而坐，開始向陸道解釋。

千年前靈氣突然枯竭，同時間七位荒神劃破虛空降臨大地，屠戮一切生靈，鬼道老祖以一人之力將七位荒神封印起來，拖延了末日的來臨。

老祖大戰後因傷重而仙逝，辭世前他將自己的金丹煉成傳承之火傳予自己唯一的弟子姑蘇，並著令他繼續尋找徹底消滅荒神的方法。

千年來眾多鬼道弟子對七大荒神的研究結果全都放在禁書庫中，就是眼皮底下的那兩扇青銅門裡頭。

「是不是只要下去找到消滅荒神的方法，以後我跟你就再沒拖欠了？」陸道問。

「說倒是簡單。」白邪摘了一根野草往谷底一丟，輕飄飄的野草才剛碰到黃色的瘴氣就立馬變黃枯萎，化作飛灰。

他看著仍在飄揚的飛灰道：「這大概需要有特殊的靈技或是靈導器才能克服瘴氣進入禁書庫。」

白邪毫不留情道：「你太弱了，別説荒神了，來一隻稍微厲害一點的靈獸你大概也招架不住。」

「那真是要讓你失望了。」陸道無奈道：「我至今都還未開竅，怕且沒辦法完成你所説的使命。」

白邪哈哈大笑又道：「本尊在附身時順便替你把體內的靈竅打開了，現在的你應該能感知到靈氣的存在了。」

陸道起初還抱有懷疑的態度，但他仍然聽從白邪的指導閉上眼睛用心去感受，一種奇妙的感覺在皮膚上油然而生。

「是真的！」陸道內心雀躍萬分，雖然只是微小的感應，但如今的他確實是能感受到空氣中的靈氣。

「哼，雖然不具慧根，但體格還是比普通人強不少。」白邪快速地將陸道全身都內視了一遍再給予評價。

陸道此時還沉醉於新的體驗，白邪説甚麼他都沒聽進去。

不過這也不能怪他，一個天生的瞎子突然能看到東西後大概

也會是陸道這樣的反應。

陸道的意識在體內巡視著，最終他的化身來到了一片乾涸的大地之上。

「這裡是靈海。」白邪也以化身現形，一身白衣翩翩的打扮：「一般修士能把靈食以及大氣中的靈氣導入體內，再化氣成液儲存在靈海之中。靈海裡的靈氣愈多，就能使出更多次數的靈技或者靈導器。切記，一旦靈海乾涸，修士便無法催動一切以靈氣為力量來源的東西。」

「我的靈海裡甚麼都沒有。」陸道這麼想著時腳就突然踢到了由傳承之火化作而成的神祕種子。

陸道好奇地將種子拿在手上把玩，種子大小約莫巴掌大，外皮烏黑發亮，就連白邪也認不出是甚麼植物的種子，兩人的共識是這種子一旦發芽，長成的東西一定非常巨大。

「火種……火種……」白邪喃喃自語：「如今傳承之火經已熄滅，是到了要種出結果的階段了嗎？」

他暗中觀察著陸道，這僅僅能感應靈氣的小鬼居然是鬼道老祖選擇的繼承人？

他不服。

憑甚麼被喻為近百年來天賦最高的他會輸給一個十七歲都還沒開竅的小鬼？

「老祖啊……就讓我看看你這個決定是否正確吧。」白邪望著陸道的雙眸漸漸變得森然：「要是我認定他不適合擔此重任，那就別怪我……」

「取而代之。」

「現在你唯一需要做的事情就是變強。」白邪認真道：「最起碼也要能抵受這瘴氣！」

明明最關鍵的資料就近在咫尺，但兩人卻不得其門而入，只能失望而歸，在折返白雲村時，陸道好奇地問了一句：「如果是你的話應該能很輕鬆就進去了才對啊？」

「這也是我其中一個遺憾。」白邪幽幽道：「我本來距離真相只差一步，沒想到卻被那該死的傢伙所殺並封印，現在我雖附身於你體內但境界修為卻大不如前，現在的我頂多也就是二星左右的水平。」

原來這傢伙是在前往禁書庫前被人所截殺，難怪他會如此不甘。本來陸道還想問問對方是誰，但顧及白邪的感受最終還是沒有開口。

兩人折騰了一個晚上，臨近白雲村時，東方早已泛起了一抹灰白，村裡的公雞也接二連三的啼叫起來。

老人一夜未睡，在村口整整站了一宵等待陸道回來，陸道大老遠就認出了老人瘦弱的身影，急忙奔至陸空身邊。

「爺爺！」

老人沒有太大的反應，只是語氣平淡地問：「餓了嗎？」

折騰了整夜，顆米未吃的陸道肚子立馬咕咕作響，老人朝陸道點了點頭就往家裡走去。

路上兩人一前一後的走著，走在後方的陸道突然發現爺爺在一夜之間老了許多，被他引以自豪的濃密秀髮變得灰白，走起路來也巍巍顫顫的。

陸道看在眼裡鼻子不禁一酸，曾被他視作如巨人般的身體，那個可以站在其肩上眺望遠方的巨人，如今看起來卻無比的虛弱、蒼老。

現在的老人猶如風中殘燭，微弱的生命之光經不起風吹，那怕是輕輕的嘆息也能將之撲滅。

昨晚一役，深深傷到了陸空的元氣根本。

換句話來說──陸空已經活不長了，白邪透過陸道的眼睛把一切都看在眼裡。

即使在鬼道縱橫了這麼多年，白邪也從沒見過有人的意志力能堅強到如此地步，陸空或許是第一個例外，為了親眼目睹自己孫子開竅的瞬間，他竭盡全力撐了下來。

本著寄宿者的義務，白邪還是猶豫了良久才決定將真相告訴陸道，可他連話都還沒說完就被陸道冷不防地打斷。

「小鬼……」

「別說了。」陸道斬釘截鐵道。

「你……！」

白邪本想就著陸道的無禮而斥責一番，但最終卻被對方眼角的一抹閃光而作罷。

「哼，隨便你。」白邪沒好氣道。

作為一個長年跟生死打交道的獵人，陸道自然也知曉即將發生之事。

走在平地的陸空被自己給絆了個踉蹌，陸道急忙上前攙扶，人是穩住了，可手摸上去卻是冰冰冷冷的。

老人看上去意識有點迷糊，但仍然倔強地在辯解自己是被路上的土疙瘩給絆倒。

「爺爺。」陸道看著一如平常的陸空苦笑了一下，勾住老人

的手臂道：「我扶你回家吧。」

陸空的表情看上去有點意外但很快就嘴角帶笑地享受著。

回到家中後，老人讓陸道坐在飯桌邊，自己卻走進廚房一頓忙活而且還不容許陸道進去幫忙。

陸空的臉色愈漸發白，每當體力不支時他都咬牙用意志力強撐下來。

過了良久，陸空終於捧著一碗熱氣騰騰，香氣四溢的肉湯放到陸道面前：「喝點湯，裡頭加了春生草，老王說他兒子就是吃了這玩意兒後開竅的。」

「春生草？開竅？」白邪雖然掌握著各種讓人開竅的食譜，但是沒有一道是用春生草製成的。

也就是說……陸空被騙了。

不惜冒著生命危險為陸道所換來的只是一堆沒有任何價值的雜草而已。

陸道二話不說揚起脖子一飲而盡，就像平日一樣把爺爺塞給自己的開竅靈食，不問因由，通通吃了下去。

而在陸道拭擦著嘴巴時，陣陣暖意循著胃部漸漸擴散開來，陸空雖然已經有氣無力，但仍緊張地問：「怎麼樣？有效嗎？」

「哇！」陸道回憶自己開竅時的畫面，努力地將當時的感覺重演 ：「有效啊！爺爺！這春生草真的有用！」

「真的嗎？」陸空突然睜大眼睛，整個人也一洗頹態，情緒激動：「你不要騙爺爺！」

陸道走到屋外閉目屏息，嘗試將四散在空中的稀薄靈氣引入體內，他的意圖很明顯，只要能將靈氣引導入體，就是最好的証明。

然而陸道剛開竅不久，整個夜叉山本身也沒多少靈氣，只見他站了好一陣子都沒有反應後，陸空以為又跟平常一樣失敗了。

失望至極的他撲通一聲倒坐在地上，清晰烏黑的雙眸逐漸失去光澤。

世界成了黑白色。

是嗎……時間已經到了嗎？

未等老人絕望，陸道全身便被一襲翠綠色的靈氣所籠罩，濃

度之高即使是像陸空這樣的凡人也能用肉眼看到，強光一閃而過，陸道順利地將靈氣引導入體內，証明其靈竅已開。

邪魅的表情趁老人不留意時從陸道臉上褪去，白邪在其體內幽幽道：「你小子還是運氣好啊。」

單靠陸道半吊子的修為是無法做到以上程度的，白邪在他身體裡實在是看不下去，所以協助他將影觀音被打散後的靈氣引導入體內。

望著那翠綠色的靈氣由濃郁變得稀薄，最終被陸道全部吸收，老人心中認定這下總算沒跑了，情緒激動地喊道：「我……我陸空的孫子今天也開竅了！」

老人說完後險些又暈了過去，陸道見狀馬上趕在老人倒下前扶著他。

陸空的呼吸十分紊亂，呼得多，吸得少，老淚縱橫地跟陸道道歉：「都怪爺爺沒本事……害你時至今日才開竅……要是能早兩年的話……能得到全村資助去烏蚊鎮的人就是你了……」

陸道強忍著眼淚，強顏歡笑：「沒事，這都怪我，爺爺你已經很厲害，很努力了。」

「我們陸家終於出了一個開竅者……」虛弱的老人自豪地朝陸道比了一個大拇指：「這下……」

「我就有臉去見你爹娘……去見列祖列宗了……」

懷中的老人緩緩閉上眼睛，嘴角帶著笑意和喜訊離開了人世。

那一天，陸道失去了世間上唯一的親人。

那一天，他跪在地上哭得像個小孩一樣。

數日後。

陸道將爺爺葬了在夜叉山一個秘密花海之中，這裡一年四季都會開滿不同的花朵，有色彩艷麗的，也有氣味宜人的。蔚藍的夏迎花海中有著一個小土丘，陸道在墓碑刻上了「夜叉山第一獵人陸空長眠於此」。

他拭去眼角的眼淚後問：「白邪，你不是很擅長跟鬼怪打交道嗎？能不能讓我再跟爺爺見上一面？」

白邪道：「那是不可能的，死前有遺憾或對人世間有所眷戀

的人才會在死後成鬼，你爺爺已經去了自己該去的地方。」

「可是……我真的很想他……」

白邪嘆了一口氣，取代了陸道的意識，翠綠色的封魔笛在蔚藍的花海中奏起一首《離別》。

強勁的山風驀然刮至，吹響了樹海的葉子也將數之不盡的藍色花瓣捲至天空，再如雨般緩緩落下。

「你能做的就是好好活下去。」白邪收起了笛子對著小土丘道：「這樣才不會辜負他對你的期望。」

「白邪其實你也不像傳聞中那樣壞嘛。」在下山的途中，陸道發自內心感謝白邪為自己做的一切。

「哼，不就早跟你說過本尊是被人污蔑的！」白邪怒道：「本尊早晚會把事情查個明白，那些加害過我的人沒有人跑得了！」

「特別是……」白邪恨恨地說：「把我封印在冰窟裡的那個傢伙！」

明明現在主意識是陸道，但是他的左手卻因為白邪強烈的情感波動而緊緊地握成了拳頭。

陸道回到白雲村後就遇見披麻帶孝的廟祝，他的家人也因為遭到影觀音附身而逝世。

他家掛起了白布條和白燈籠，滿地都是四散的紙錢。

一臉憔悴的廟祝在家門前茫然地不斷往火盤裡添紙錢，陸道來到了廟祝身邊蹲下，廟祝一個激靈回過神來：「阿道？」

陸道拿起了一張紙錢摺成元寶的形狀然後扔到火盤裡去，元寶被火焰迅速吞噬下只剩一捻灰燼。

「爺爺他現在住的地方很漂亮，我知道他一定會喜歡的。」陸道笑道。

廟祝也報以微笑，頷首道：「是嗎？那就太好了，我給老婆子也選了一個風水寶地，我要是有後人的話可以福蔭他。」

陸道看了廟祝一下隨即又低下頭來，一副欲言又止的樣子。

廟祝都當了六十多年人，自然是明白眼前這善良的小伙子正在為爺爺把妖怪引進村一事而內疚、自責。

「傻孩子。」廟祝苦笑道：「沒人會怪你爺爺的，雖然脾氣暴躁了一些，但全村都知道他是一個好人。」

廟祝拍了拍陸道的肩膊說：「別放在心上。」

「嗯……」

「對了，有件事要跟你說。」廟祝把話題一轉：「大伙兒都商量好了，既然你靈竅已開那就該出去闖一闖，別留在這大山裡了。」

廟祝從身後拿出一個小布袋，抓住陸道的手強行塞了給他：「這是大伙兒給你湊的路費，拿著吧！」

「廟祝公……」陸道知道大伙兒也不怎麼富裕，這一定都是大家平日省吃儉用儲下來，不是靠自己努力賺來的錢他不想要。

「你就別跟我這個一把年紀的人推來推去了，這是全村人的決定，也是我們一路以來的傳統，只要有人開竅了，大家都湊錢送他們出去闖闖。」

「將來飛黃騰達別忘了大家就好。」廟祝把手中的紙錢全都丟到火中，拍去沾在身上的灰燼後便起身回屋。

陸道拿著錢袋目送對方離去時，白邪在其耳邊問：「準備好了嗎？」

「嗯……出發吧。」

轉眼間陸道已漫步於鬼哭林內，四周滿佈針刺松樹，地上碎碎地散落著長滿苔蘚的磐石，偶有膝高的蕨狀植物，前方詭異地豎立著數個歪七扭八的墓碑，看來是個合塚，出現得有點突兀。

陸道上前查看墓碑時，腳下卻突然傳來了一聲清脆「*啪滋*」，低頭一看發現是一塊不知名的獸骨，腳邊也有一座以獸骨堆疊而成的骨塔。

「小心一點。」白邪突然謹慎道：「這是煉妖師的記號，用來警告其他同行這是他的地盤。」

「煉妖師？」陸道訝異地發覺對方表示地盤的方式跟花豹一樣，只不過他堆骨塔而花豹則是在樹上留爪痕。

「啊，他們擅長收妖入符為己所用，能面不改容地把人當成飼料餵給妖怪吃。」白邪用手指在太陽穴旁不斷劃圈圈：「總之就是一群不正常的傢伙。」

「哇……連你都覺得他們不正常，那對方到底是有多喪心病狂啊？」陸道愕然道。

「你這傢伙……」白邪正要反駁，身後草叢突然傳來了動靜，陸道側身閃避時目睹一道寒光在眼前一掠而過，最後牢牢實實地插在身旁的樹幹上。

那是一把形如閃電的骨刀，樹皮在被刺進後立馬變黑，刀刃上想必塗抹了致命的毒藥。

「哦？師兄，他躲開了。」一把細長的聲音道。

「注意了，怕且也是個開竅者。」另一把聲音比較成熟低沉。

陸道驀然回首發現有兩名一高一矮作灰斗篷打扮的人出現在跟前，上半臉都被兜帽遮住，看不清真面目。

「這身打扮……果然是符妖的信徒」白邪幽幽道：「小鬼，準備上課了。」

「甚麼？？？」焦急的陸道脫口而出：「這時候還上甚麼課啊！」

「那自然是本尊特意為你準備的修行之課。」白邪指著兩人道：「給我幹倒他們！」

「太亂來了吧！！！」

白邪從不打沒勝算的仗，會在這麼貧瘠的地方放牧妖怪，想必是低級的煉妖師，他剛剛感應了一下對方的修為，矮個子的跟陸道一樣只是個剛開啟修行資格的開竅者。

另一個則能持續不斷將四周的靈氣引入體內，但撐死了也不過是一星的修為，要是身上沒有甚麼難纏的靈技或者靈導器的話，在他的指導下陸道也並非絕無勝算。

「他也是開竅者？」矮個子用細長的聲音，同時也望向陸道說：「難道我放養在這附近的影觀音是被你……」

陸道聽到後立馬睜大眼睛，一副難以置信的樣子：「白邪……他剛剛是不是提到影觀音了？」

「是的，我早就察覺到那頭影觀音是被人餵養著，沒想到他們這麼快就找尋過來。」白邪應道。

高個子看到陸道吃驚的神情後道：「哦？看來是他沒錯了。」

矮個子氣得渾身顫抖，獨自一人上前質問陸道：「我好不容易才煉成了一頭影觀音，你要怎麼賠我？」

「為甚麼？」陸道垂著首，叫人看不見他的臉。

「甚麼？」矮個子道。

「我們明明只是想過安穩的日子而已。」陸道咬牙切齒道：「為甚麼要放妖怪來害我們！你知道有多少人被它害死了嗎！？」

矮個子不以為然道：「這個弱肉強食的世界就是這樣！煉妖不用人命怎麼煉？要怪就怪他們沒用！」

「這個畜生⋯⋯」這番話聽得陸道直把拳頭捏得勒勒作響，明明都長著人的外貌，說著人的語言，然而對方內心卻如同魔鬼般邪惡，他壓根兒沒把人當成人來對待。

「想打架嗎？」矮個子拉下兜帽，原來他頭上長滿了膿包毒瘡，整張臉也奇醜無比，他舉起左手向陸道展示戴在食指上紅寶石戒指獰笑道：「可以啊！也該是時候讓我試試這件在遺跡中找到的靈導器吧！」

短個子話音畢落，紅寶石中立馬閃爍一陣詭異的紅黑之光，高個子見他率先祭出了靈導器便主動走到一旁看戲去。

矮個子渾身激烈地高舉著拳頭大喊一句：「召骨！！！」

當光芒到達極致之時，陸道幾乎都睜不開眼睛來，同時間他能感受到一股強大的力量從戒指中不斷溢出。

對方餘音剛落，陸道便聽到腳邊傳來了窸窸窣窣的聲音，低頭時發現腳邊的白骨堆居然在蠕動！

陸道急忙跳開，只見骨頭最終組成了一隻四足爬行的骨獸，雖然沒辦法一下子辨別出骨獸生前是甚麼動物。

但是從它又尖又長的犬齒來看，這怪物生前肯定是吃肉的！

第九章

骨獸剛成形，矮個子就興奮地叫道：「師兄你看！我成功了！」

「小心一點，對方可是打敗了你的影觀音。」高個子的個性跟聲音一樣沉穩，明顯在經驗上要遠勝於他的師弟。

比起眼前這猙目獰笑的矮子和張牙舞爪的骨獸，後方那個高個子才是陸道真正需要注意的地方。

不過對方既然沒有任何動作，就暫且不理，先想辦法解決那隻被靈導器召出來的骨獸。

矮個子揮動戒指催動骨獸：「拿下他！我要把他煉成活蠱！叫他求生不得，求死不能！」

骨獸冷不防把頭扭向陸道所在之處，白森森的眼窩中空無一物，長有利牙的嘴巴張開時甚至能看穿它整副骸骨身軀。

「嗚……」骨獸咧著嘴朝陸道發出了低沉的吼聲。

高個子暗中觀察著陸道，雖然對方看上去破綻百出，但畢竟是個開竅者，還是得小心應付才對。

他靠在樹幹上盤手而立，心中想著：「就讓我看看你有甚麼

本領吧。」

骨獸突然張著尖牙朝陸道飛咬，幸好他在陸空的教導下早就有了對付猛獸的經驗。

只見他身體利落地往地下一蹲，骨獸便在他上方飛身而過，撲了個空，巨大的衝擊力讓它落地時摔得支離破碎，可是瞬間它又會回復原狀，彷彿甚麼事情都沒發生過。

「我的骨獸是打不死的！」矮個子得意洋洋道：「放棄吧！」

「該死……」陸道表情痛苦地摀著左臂，上方有三道血口子正不斷往外淌血，方才閃躲時還是被骨獸銳利的爪子給抓傷了。

「哼，靈導器的話我們也有。」白邪不屑道：「小鬼，讓他見識一下封魔笛的厲害。」

「對了！」陸道一個激靈將封魔笛從懷中取出，湊到唇邊用力一吹。

封魔笛頓時發出了刺耳難聽的嘈音，劃破長空，驚動了林鳥，高個子不為所動，矮個子眼神飄忽，不停地檢查四周卻沒發現有任何異況。

骨獸在原地愣了一下，回過神來後又繼續追著陸道不放，他只能邊跑邊慘叫道：「怎麼不管用啊？？？」

矮個子用尾指掏著耳朵抱怨道：「媽的，嚇我一跳。」

白邪雙手摀臉久久不能言語，心中在想這個傻小子真的是被老祖所選中的人嗎？

但是傳承之火已被他繼承是不爭的事實，現在糾結在這一點上也於事無補，封魔尺當初跟傳承之火一樣，是白邪在遠古遺跡裡一名鬼道傳人的屍體中繼承過來的。

根據文獻記載，鬼道老祖唯一的弟子姑穌在繼承老祖的遺志後，畢生都在致力尋找消滅荒神的方法，然而等到他垂垂老矣之際研究仍然沒能有所寸進。

在姑穌仙逝前，他仿效老祖將自己體內的金丹煉成了擁有兩種技能的靈導器──封魔尺以傳後人護法之用，對於鬼道傳人來說，封魔尺的重要程度僅次於傳承之火。

身後的骨獸繼續窮追不捨，白邪再次指示陸道：「笛子你目前是無法使用，導入靈氣讓它回復成尺子的樣子吧！」

「我已經嘗試過了！」陸道不斷躲避著骨獸的進攻：「可它

一點反應都沒有！」

白邪旋即用靈視內窺其身，當他的意識來到陸道的靈海時，四周光禿禿如同枯海般的景色讓他訝異道：「怎麼可能……」

正常來說，開竅了這麼多天，即使是天賦再低的開竅者也應該在靈海中匯聚到一絲靈氣，怎麼也不可能像陸道的靈海般乾涸，白邪快速把腦海中各種古代文獻全掃了一遍。

「沒有……」白邪咬牙道。

博學如他都不清楚原因的話，那麼恐怕世界上再也沒有人能為陸道的情況給出一個合理解釋。

也就是說，這是屬於常理之外的特殊情況，白邪的目光最終落在安躺於靈海當中那顆神秘種子之上。

「難道是這種子的緣故？」白邪沒時間作出過多考慮：「沒辦法，只能由我代替他引導靈氣了。」

白邪閉上眼睛深深吸了一口氣，幽幽綠光立馬透體而出。

此時的陸道已被骨獸逼至一棵巨大的古松樹下，兩者互相凝望著，陸道絲毫不敢把視線從對方身上挪開，然而矮個子已經失去了耐性，只見他揮動戒指，命令道：「已經夠了！給我上！」

骨獸在戒指的命令下以迅雷之勢撲向陸道，正當他眼瞳中倒映的骨獸變得愈來愈大時，熾熱的感覺突然從握著笛子的手中傳來，他瞥了一眼後，手在笛身上隨勢一抹，笛子瞬間變成了一把黑尺。

陸道兩手握著黑尺對著迎面撲來的骨獸就是一劈，*「鏗」*的一聲巨響，墨黑的尺身與堅硬的顱骨產生了激烈的撞擊，交擊處甚至有一陣能量漣漪激盪而出。

未幾，骨獸的顱骨上傳來了清脆的碎裂聲，接著裂縫便沿著整副骨架漫延，最終骨獸在陸道跟前化成了一堆骨粉，隨風飄散。

「呼……」陸道長舒一口氣後對著矮個子輕蔑道：「欸？沒了？就這樣？」

矮個子的臉瞬間被氣得漲紅，額上青筋暴現，滿頭的毒瘡也因為情緒激動而破裂淌血，雙目圓睜的他巍巍顫顫地舉起了手中的紅色戒指，憎恨道：「接下來……你可千萬別以為自己能輕易地死去！召骨！」

矮個子靈海也即將見底，所以他準備在下一次攻勢中徹底打敗陸道，在一陣詭異的紅光中，四散的骨粉突然如潮水般湧向矮

個子，最終在他全身都被一副白森森的骸骨之鎧包裹得嚴嚴實實，只剩一雙眼睛外露。

這也是召骨的另一種使用方式，比起利用骨獸進攻，這模樣更偏向是防守，矮個子悄悄在身後掏出了一柄塗毒的骨刀。

矮個子盤算著犧牲骨鎧來硬扛下封魔尺一擊，再趁其不備時用塗毒骨刀偷襲陸道。

只要一下，哪怕只是輕輕劃開了一道口子，裡頭的毒藥足以讓陸道三天三夜無法動彈。

當矮個子的如意算盤打得正響之際，白邪忽然感到虛弱無力，渾身都發不出勁來，睜眼一看才發現原來傳承之火所化作的種子正貪婪地吸收著白邪體內的靈氣。

「不好！」白邪臉色頓時一變。

白邪如今全靠著體內那一縷靈氣撐著，要是被種子吸走的話他就直接元神俱滅，不復存在。

單是短短一瞬間，白邪體內的靈氣被強行抽走了八成，他在千鈞一髮間逼使神識從靈海中脫離。

陸道正與一身骨鎧的矮個子對峙著，期間陸道手中的封魔尺失去了靈氣供應而變回了笛子的模樣。

還沒等陸道明白發生甚麼事，白邪居然強行將陸道的意識給頂了下來。

「白邪！你……」

「閉嘴！沒時間跟你廢話了。」被白邪附身的陸道眼神變得凶惡起來，眉宇間更是多了數分邪氣。

他往四周掃視一番後罵道：「該死，那傢伙果然跑了。」

陸道透過白邪的視線發現一直袖手旁觀的高個子居然消失不見了！

矮個子見陸道突然間左顧右望，以為他是被身上的骨鎧嚇倒想跑了，於是便挑釁道：「現在想逃已經太晚了，我……」

白邪不耐煩地打斷道：「雜魚給我閉嘴！」

說罷封魔笛便被湊到嘴邊，白邪眼中頓時凶波流轉、殺意湧現，他十根手指靈巧地在氣孔交替按下，一首快速而刺耳的樂曲便驀然奏起。

狂風捲夾著落葉四處飛舞，矮個子還當是自己中招了，沒想到除了耳朵不舒服外全身上下分毫無損，他以為白邪是在虛張聲勢，拿起塗毒骨刀想上前給他來一記時……

「咦？」矮個子發現自己走不動了，一股強大的壓力開始從四面八方傳來。

一開始他以為是白邪在用笛聲來鎮壓他，但很快的他便發現自己錯了，那漸漸令他感到窒息的壓力居然是來自他身上的骨鎧，它們抗拒矮個子的命令並開始往裡頭擠壓。

透不過氣來的矮個子這才明白，白邪是想用骨鎧來壓死自己！

本來將他保護得滴水不漏的骨鎧，如今卻成了要他命的東西。

「不可能……」

命令等級居然比他還要高？這笛子裡頭一定有甚麼貓膩！

矮個子訝異道：「你……你到底是甚麼人……」

笛聲在猝不及防的情況下戛然而止，世界彷彿變得寂靜無聲。

白邪緩緩睜開了眼睛，冷冷的目光與矮個子四目交投，對方慌張地正想求饒：「慢著……」

話都還沒說完，矮個子便被骨鎧壓成肉醬，全身的骨頭一瞬間碎成一千多塊，同時發著駭人的骨折聲。

骨鎧失去靈氣來源後便再度化成粉末飛散消失，只剩下一堆爛肉碎骨在地上，被他戴在手指上的靈導器也因此被毀。

在身體內目睹一切的陸道感到一陣反胃，雖然白邪所殺的是害死爺爺和大家的主謀，但善良的他心裡還是會很不舒服。

白邪殺人不眨眼的舉動再一次提醒陸道：「這傢伙……果然是個大魔頭啊……」

在解決矮個子後白邪再將注意力放回在尋找高個子身上，本來以他殘餘的力量要對付這兩個小魔道可謂綽綽有餘，可他萬萬沒想到自己會被那顆神秘的種子吸走了這麼多的靈氣。

白邪連維持自我都十分勉強，擔心自己失去意識後陸道會不敵這兩名煉妖師，所以他才焦急地頂走了陸道，打算來個速戰速決，而高個子顯然是早就感到不妙，才故意不插手於兩人之間的比拚。

「逃了嗎？」白邪明明都快不行了但還是表現出一副氣定神閑、游刃有餘的樣子。

他故意採用這麼殘酷的手段解決矮個子就是為了警告高個子，希望對方知難而退。

「該死……被那種子吸走太多靈氣了。」白邪閉上眼試著感應對方的位置，但是因為太過虛弱而失敗。

一陣強烈的暈眩襲來，已經到達極限的白邪終於支撐不住，只能讓陸道的意識頂上。

「聽著，小鬼……」白邪有氣無力道：「那顆種子把我的靈氣幾乎吸乾了，我需要時間來恢復，接下來你只能靠自己了。」

「欸？你還好吧？」陸道慰問道。

大概是很久沒有被人關心的緣故，白邪居然遲疑了兩秒才語帶怒氣道：「你關心自己就行！本尊不用你操心！」

「人家也只是好心而已……」陸道低聲嘀咕。

白邪假裝沒聽見繼續道：「那高個子不見了，不知道是被嚇跑了還是躲起來想伺機行動。」

「要知道靈導器是前人努力的結晶，一件厲害的靈導器能助主人輕鬆渡過脆弱的修行前期。」白邪又道：「那名煉妖師八成是對封魔尺感興趣了，以後還是不能在別人面前使用它。」

事實亦如白邪所料，本名叫張風的高個子煉妖師已經深深地為封魔尺著迷。

黑暗中，他的身體如同暗影般完美地與背景融為一體正是靠他的靈技「夜幕」，垂涎三尺的他死死盯著陸道手中的封魔笛道：「這個寶貝，我要定了！」

張風開竅後整整三年都因為負擔不起昂貴的靈食而導致他遲遲未能悟出自己的靈技，見同輩都在修行之路上順風順水，時而進入神秘的遺跡尋找寶物或是靈導器，時而進入危險的獸域狩獵靈獸獲取稀有的靈食來強化自身。

唯獨他仍然在原地踏步，從漸漸跟不上別人的步伐到後來被同伴徹底遺忘，渴望習得靈技繼續自己修行之旅的張風選擇出賣靈魂，信奉了以邪術立教的明月宗，成了教宗符妖浩瀚眾多的信徒之一。

他以妻子的鮮血與靈魂換來了一株暗影草，在服用後張風覺醒了「夜幕」這一個能讓他在黑暗中隱身的靈技。

覺醒了這麼一個沒用的靈技就連比張風後入教的師弟也不把他放在眼內，仗著有一枚破戒指，跟他講話時也沒大沒小的。

本來他就覺得陸道能把修為相當於一星修行者的影觀音打敗，必定不會是等閒之輩，讓小師弟上只是想叫他吃吃苦頭，好讓自己有機會出手相助來挽回面子。

殊不知，自己那噁心的師弟居然被陸道手中的寶貝輕鬆壓殺！

「這寶貝……我要定了。」張風壞笑了一下後，身影徹底消失在黑暗中。

師弟慘死的畫面張風依然歷歷在目，即使有多想得到封魔尺的他也不敢貿然對陸道出手，也就是說白邪最後的努力並沒有白費。

張風打算一直與陸道保持著安全距離秘密跟蹤，從後方偷偷地監視陸道的一舉一動，想趁他疏於防備時才殺他一個措手不及。

折騰了半天，陸道終於可以繼續往鬼哭林深處走去，按照以往一直來白雲村採購野味的商隊所說，只要穿過這裡就會抵達烏蛟鎮了。

只是走著走著，陸道便愈覺得氣氛怪異。

「這路上怎麼陰風陣陣怪滲人的？」陸道不安地問：「白邪，你說這裡會不會有鬼？」

「我不清楚，要不你問問你身後那兩位？」白邪漫不經心道。

陸道睜大了眼睛：「？？？」

一股惡臭突然傳入了陸道的鼻子內，薰得他不禁眉頭一皺，這味道他偶然也會在夜叉山上聞到。

那是肉腐爛發酵時所發出的屍臭味。

味道漸漸吸引了蒼蠅在四周盤旋，隨著屍臭味愈漸濃烈也變得愈多，大量蒼蠅同時拍翼振翅引起了共鳴，聲音聽起來既紊亂又吵雜。

陸道忍著惡臭撥開一堆難纏的鋸齒草後，他被眼前地獄般的風景嚇了一跳。

原來那兩名煉妖師在這裡設下了一個祭壇，在祭壇中央豎立了一尊由黑曜石雕成的觀音像，足有一丈之高。

黑曜觀音像的表情十分猙獰歪曲，與原本觀音像慈祥的臉孔形成了強烈的對比。

數之不盡的無頭屍體就像是祭品般被整齊地放置在黑曜觀音像下，屍體因死去太久，已呈高度腐爛狀態，屍臭衝天，因此引來了大量蒼蠅。

「原來那隻影觀音是在這裡誕生的。」陸道終於弄明白了。

影觀音就是由這些可憐的受害者靈魂煉製而成。

他婉惜地望向地上一具又一具的無頭屍體，突然間他被其中一具屍體手臂上的刺青所吸引，顧不得惡臭的衝至旁邊檢查，他看完後難以置信道：「這……」

為了證明自己猜錯，陸道還特意把旁邊的屍體都檢查了一遍，發現他們手臂上都刻有同一的烏蛟刺青。

「他們就是。」陸道悲痛道：「一直給我講述外面的世界是如何精彩的……」

「烏蛟鎮商隊啊……」

第十一章 秘境

陸道回想起小時候最期待的日子就是商隊每個月來的那一天。

商隊會帶一些白雲村沒有的東西來交易，像是鹽、糖、大米、工藝品之類的，而村裡的大家就會以找到的山貨來跟商隊交換所需。

陸空雖然只會用打到的野味以及野獸皮毛跟商隊交換有助陸道開竅的食材，但陸道每次去時，商隊成員都會請陸道吃糖，還會告訴他山外的世界是如何危險，同時又是如何精彩。

這些故事是陸空從沒告訴過他，年幼的陸道也是靠著商隊才第一次認識到這個世界不止夜叉山和鬼哭林，還有更多機會與危險並存的神秘地方仍等待著被人發現。

陸道還記得當時一名成員誇張地用手比劃，盤繞在鑲龍城外的那具遠古龍骸有多麼巨大，洋溢在他臉上的是親眼目睹奇景時的興奮，陸道嘴裡吃著糖，坐在地上聽得津津有味。

然而……這樣的畫面卻再也無法重現了。

「大家明明都是好人，為甚麼會落得這樣的下場……」陸道握著其中一名商隊成員的手悲傷道。

不但身首分離橫屍於荒野，就連靈魂也被煉妖師當成原料煉成了影觀音。

白邪還在擔心高個子會不會趁機襲來時，陸道強忍著令人作嘔的惡臭、耳邊煩人的蒼蠅，開始將屍體堆在一起，然後一把火燒了。

陸道無神的瞳孔中倒映著熊熊燃燒的火焰，一具具無頭屍體被火舌吞噬，白邪的聲音在陸道耳邊幽幽道：「你還真是喜歡多管閑事啊。」

「我的生命中曾經有過他們的足跡，不做點甚麼的話心裡會不舒服。」一陣熱風夾帶著火星濺起了劉海，滿臉哀傷的陸道黯然道。

「哼，隨你的便。」多得這段喘息時間，白邪總算穩定下來，只是距離恢復恐怕還有一段相當長的距離。

陸道在處理完屍體以後就動手砸了那尊黑曜石雕成的觀音像，以免將來又多生一隻影觀音出來禍害別人。

在暗處監視的張風看到觀音像被毀後，心中把陸道恨得牙癢癢的，巴不得把他給剮了。

要知道他當初可是幹了不少喪盡天良的事情才能從大祭司手中接過這一尊能孕育出影觀音的觀音像。

第一隻影觀音被陸道打散了也就算了，只要這一尊母像在，多少隻影觀音他都能造出來，陸道這一砸無疑就是把他這些年來的努力全部付諸流水。

好比是將漁民的漁網給剪破一般，張風作為魔道的基礎已經徹底被毀，現在的他已經沒有退路，奪走陸道手上那罕有的寶貝是他唯一的出路！

陸道在處理完觀音像後早已汗流浹背，嗓子裡也感覺乾得快要冒煙。

「口好渴啊……」陸道用手撫著喉嚨，聲音沙啞道：「好想喝水……」

「誰叫你愛多管閑事，現在難受了吧？」

陸道頓時反了個白眼，這大魔頭怎麼這麼囉嗦不乾脆，到現在還在提這事。

嘴唇發白乾裂的陸道正想反駁時，他突然感到身後陰風陣陣，好像有誰站了在自己背後，猛然轉身卻又甚麼也沒發現。

正當他納悶是不是自己太渴而出現錯覺時，一把稚嫩的孩聲又冷不防在陸道背後笑了一下，同時眼角的餘光也看到了一個小小的白影在腳邊一竄而過。

陸道的目光循著白影而去，最終一個全身慘白的小男孩出現在他的視線之中。

「那兩個人……」陸道難以置信道：「連這麼小的孩子都不放過嗎？」

「慢著。」白邪透過陸道的視野也看到了小男孩：「他好像有甚麼想說的。」

「甚麼？」陸道神色一凝，準備認真聽取小男孩的請求。

但是對方甚麼也沒說，只是向陸道笑著招了招手然後往前走了幾步又停下來回頭招手。

「他是想讓我跟著他走嗎？」陸道疑惑道。

「無色的靈體是沒有惡意的，姑且跟上去看看吧。」白邪道。

陸道只好先打消去尋水的念頭，逼使自己想一些酸的東西然後硬著頭皮跟上去。

小男孩能無視物理法則，領路時遇到障礙物可以直接穿透而過，陸道只能狼狽地跟在他身後，在樹叢間左穿右插。

「他……」唇乾舌燥的陸道難受地叫道：「他到底想帶我們去哪啊？」

「不知道，這種引路靈無法用言語溝通，除非我們跟到最後否則永遠也不會知道他想表達甚麼。」白邪道。

陸道一想到還要沒完沒了地走下去後哀求白邪：「要不你換上來替我走一段路好嗎？」

「我拒絕！」白邪斬釘截鐵道：「渾身臭汗還想讓本尊附身？免談！」

「……大魔頭也這麼講究的嗎？」陸道嘀咕道。

前方去路被一片白茫茫的霧氣所攔，小男孩也在這時候消失不見。

「他跑哪去了？」陸道愕然地往四處張望但卻一無所獲。

「喂！小鬼！」白邪喜悅道：「快把手伸到霧裡看看！」

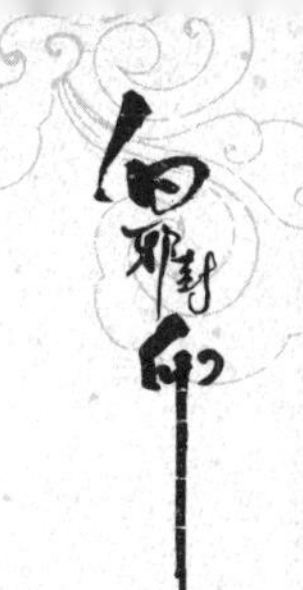

陸道聽罷眉頭頓時擠作一團，他望著眼前翻騰不斷的白霧，嚥了一下口水後選擇聽從白邪的吩咐，手慢慢地伸向霧氣之中。

起初陸道心中不斷祈禱這霧氣千萬別像夜叉山的瘴氣一樣，當手伸到霧氣之中時，陸道訝異地發現霧中有著一層肉眼無法察覺的透明光膜，指尖輕輕觸及時就在其表面引起了陣陣漣漪水紋。

「這……」頭一回親眼目睹這奇觀的陸道震驚得結巴起來：「這……到底是怎麼一回事？」

白邪顯然是知道這玩意的真面目，聲音也因為興奮而變得顫抖起來：「看來是中大獎了！」

「甚麼？」陸道還是一副雲霧之中的模樣。

「這個可是存在於自然當中的『秘境』入口啊！」白邪興奮道：「你把手再往光膜裡頭探去。」

「秘境？」

陸道乖乖伸出手往光膜探去，只見他的手掌在進入光膜以後居然憑空消失！陸道嚇得馬上把手抽了回來，卻發現手掌仍舊完好如初。

陸道瞪大雙眼反覆不斷檢查手掌，在確認真的連在手腕後才難以置信地說：「我明明看到……」

「秘境是一個與外界隔絕的小空間，從外面是無法觀察內部的。」白邪解釋道：「而且沒有一定機緣是無法找到秘境入口的。」

「進去吧！小鬼。」

陸道見白邪都這麼說了，於是便鼓起勇氣大步撞入光膜之內，等他整個人都沒入光膜以後，霧氣在剎那間完全消散，一直跟蹤著陸道的高個子張風頓時傻了眼。

張風急忙衝到陸道消失的位置，無論他怎麼嘗試也好都無法像陸道一樣打開秘境入口，目標在沒發現自己的情況下憑空消失，氣急敗壞的張風只能在寂靜的鬼哭林中大叫洩憤。

而另一邊廂的陸道也被眼前的風景弄混亂了，明明進來前天還是黑的，下一秒穿過光膜後，毒辣的陽光照在陸道的臉上使他不禁懷疑人生。

秘境內的空間不大，只能容下一石一樹一池，頭上沒有太陽但卻異常明亮。

「這裡是……」面對著眼前陽光明媚的景色，陸道驚訝得合

不攏嘴。

「秘境！」白邪盯著秘境中約莫三丈闊的水池，臉上一陣喜悅。

第十二章 等級劃分

「小鬼！快去那池邊看看！」白邪催促道。

「還用你講！」口渴到不得了的陸道一個箭步來到池邊直接把頭埋在水裡，大口大口的喝了起來。

「呼……」終於解了渴的陸道大字形就地躺下，只見他雙眼半闔，表情滿足，肚子微微隆起，稍有動作都會聽到水在裡頭晃動的聲音。

先前太過集中精神而不自知，左臂被骨獸銳利的爪子劃出來的三道傷口，在放鬆下來後開始隱隱作痛。

「嗯……」陸道咬牙強忍，右手往地上隨便拔了一把青草準備往傷口上拭擦時，卻意外地發現傷口正快速的癒合著。

從幾乎可見骨到最後連疤痕都沒有留下一條，陸道用力眨了幾下眼睛以確保不是眼花看錯。

「不是吧？」陸道愕然道。

按照他的經驗，一般人受了這麼嚴重的刀傷，不好好休息兩三個月是康復不了的，而且傷口還有機會發炎、潰爛，即使康復了手臂的靈敏度亦會大不如前。

「本尊果然沒猜錯！」白邪在陸道體內興奮道。

陸道嘗試活動傷癒的手臂，非但不會難受而且還感覺手臂異常輕盈，揮舞時拳拳生風。

不但如此，就連身體也變得輕飄飄的，長夜漫漫所累積的疲勞也一掃而空，渾身上下都充斥著活力。

「這到底是怎麼一回事？」陸道難以置信地檢查著身體道。

白邪道：「你猜猜看。」

「難道說……」陸道想也不想，轉頭往池子望去：「這水有貓膩？」

池水清澈見底，深度大概到陸道的腰間，池的上方飄蕩著點點綠光。

「答對了。」白邪笑著糾正他：「只不過這不是普通的水。」

陸道突然感到胸口裡一陣悸動，接著白邪便出現在他面前。

只見一身白衣，身形纖瘦的他垂首而立，然後緩緩抬頭，長相異常俊美的他笑起來時，眉宇間盡是邪氣。

「你原來還能跑出來啊！？那前陣子你幹嘛去了？」

「本尊就算出來了還是靈魂狀態，無法對現世作出直接的干涉。」白邪不屑地瞪了陸道一眼。

「不過我能現形全靠這口靈泉提供給你的靈氣啊！」白邪又道。

「靈泉？」

「靈泉是靈氣過盛的一種表現，現在世界裡的靈氣正不斷枯竭，近年來野外已經再沒發現過新的靈泉，而現時僅餘的數口靈泉都被各大家族所佔據。」白邪繞著池邊而行又道：「唯有存在秘境之中的靈泉才有機會得以保留下來。」

那隻引路靈將陸道領到這裡來會是一個偶然嗎？不，白邪不這麼認為，這種引路靈通常是來報恩的，那就是陸道曾經為他做過些甚麼事情，他覺得受到恩惠才會現身引路報答。

「恐怕也是那兩名煉妖師手下的犧牲品吧？」白邪心中暗道：「那麼就是來報小鬼的火化之恩咯？」

陸道發現白邪突然盯著自己來看，不期然退後了兩步説：「你幹嘛盯著我？怪不舒服的！」

「哼，本尊稍為對你有點改觀了。」白邪腳尖輕輕一點，整個人便輕盈地躍至秘境內唯一一塊巨石之上，以居高臨下的姿態俯視陸道。

「原來是這樣的『改觀』啊？？？」陸道白了他一眼。

白邪在巨石上盤膝而坐，笑道：「知道本尊為何如此高興嗎？」

在底下昂首而望的陸道搖搖頭表示不知道。

「聽好了，靈氣是所有修行者的根源，修行也好，靈技也好，靈導器也好，全部都需要由靈氣驅動，換句話來說靈氣也是一切的根源。」

白邪告訴陸道，古籍中記載曾幾何時的四國大陸是一塊靈氣充沛的大陸，但千年前自荒神降臨後，大陸的靈氣就不斷消散、萎縮。

然而靈氣的需求永恆不變，所以靈氣萎縮的影響就是導致修行的成本大增，效率亦不如初，這情況隨著靈氣變得愈稀薄而更為嚴重。

最終結果就是令到眾生的平均水平下降，最後一隻七階的靈獸在九百年前就死了，此後即使是在危險度極高的獸域中，也只有小數靈獸能晉升至六階。

修行者的水平亦同樣，當今世上能打破地鎖晉升至六星的修行者也不過寥寥數人。

「而在你眼前的本尊就是其中一名六星修行者。」白邪笑道。

「哦。」陸道不以為然道。

「反應太冷淡了！！！」

陸道皺眉不悅道：「那又有甚麼辦法，我又不懂！」

白邪一副「真拿你沒辦法」的樣子，用修長的手指指著陸道說：「你現在修的是靈海七星訣，每當你達成晉升條件，靈海上空便會有一顆星宿亮起。」

白邪給陸道講解修行者的等級劃分：「分上中下三大境，由最弱的無星開竅者到最強的七星神像境強者，簡單來說是……」

下境

【開竅】：打通體內靈竅，能夠感應靈氣並引氣入體，是修

行的開端。

【一星】：尋找合適的食材並覺醒一種初階技能。

【二星】：煉體，引導靈氣強化全身，解放潛能，使身體遠比平凡人強韌。

【三星】：將靈氣凝煉成液儲存在靈海中，氣量大增，能更頻繁地使用靈技以及靈導器。

【人鎖】：三星修行者晉升的坎，需尋找合適的靈食進食，靈技進化後即可晉升為四星。

中境

【四星】：靈海中的靈液匯聚成海，著重提煉取純，實力可戰數名下境修行者。

【五星】：能將靈液凝煉成結晶即為五星，靈液的濃度及純度愈高愈容易成功，大多數修行者會在這階段選擇將結晶提煉成靈導器。

【地鎖】：修行者需越級斬殺六階靈獸，進食後覺醒神通之力以破除地鎖。衝擊地鎖失敗結晶會碎裂，回到三星境界，需重新修煉，情況嚴重者甚至會死亡。

上境

【六星】：又稱神通境，能引天地之力為己用，下境修行者在其身邊無法自如驅動靈氣。

【天鎖】：需越級斬殺七階靈獸，然而七階靈獸因世間靈氣萎縮而不復存在，人類也因此無望突破。

【七星】：神像境，只存在於靈氣充沛的千年前，能解放體內神像作戰鬥之用，彈指間破碎虛空。

白邪又道：「你現在是下境最低級的無星開竅者，而我則是擁有六顆星宿的神通境強者，我跟你之間的實力差距就如螞蟻跟龍之間的鴻溝。」

「結果還不是被人封印起來了……」陸道嘀咕道。

白邪狠狠地盯了陸道一眼，陸道急忙改口說：「哇……好厲害。」

「哼。」

陸道問：「為甚麼會有人在五星時放棄衝擊地鎖，而是選擇把好不容易凝煉出來的結晶提煉成靈導器？」

「將結晶提取後能將自己的技能附於靈導器上，將概念實體化，不需參悟也能使用靈技，好處是能為後人累積優勢，同時也避免因為衝擊地鎖失敗而死亡。」白邪淡然道：「正如剛才所說，培養一個修行者的成本很高，有人選擇穩重一點造福後人也是無可厚非的。」

第十三章 鍵子

「將一個五星修行者的靈海榨乾也頂多能提取出數滴靈液而已。」在巨石上的白邪望著底下滿滿一池的靈液笑道：「所以你明白這代表甚麼了嗎？」

「欸？」陸道看了池子一眼又看了看白邪，想了想後回答：「代表一場大屠殺總算是避免了。」

「把修行者榨乾只是一個比喻……」白邪無奈道：「我在現世的形象到底有多差啊？」

「你想知道嗎？我可以告訴你喔！」

「那個……還是算了。」

*「咕嚕嚕嚕嚕嚕……」*陸道的肚子響聲大作，本來還喝撐了的他突然感到飢腸轆轆，原本隆起的小腹也凹了下去，對於身體如此急劇的變化陸道驚訝道：「這……這是怎麼一回事？」

「靈氣亦為生命之源，富有營養同時最容易被人體吸收。」白邪眉頭一皺覺得有異地道：「話雖如此，但你消化的速度也未免太快了。」

陸道難受地摀住肚子大喊：「可我甚麼都沒幹啊！」

白邪站了起來幽幽道：「不，與你無關。」

說罷輕輕一躍，化作一道閃光沒入陸道的體內，白邪的意識順著軀幹來到了陸道的靈海。

白邪發現腳下所踏的還是光禿的岩石，按道理那些靈液已被陸道吸收的話，此處應該是一片汪洋大海才對。

他緩步走向靈海中央，那顆神秘的種子依然安躺在岩層之上，白邪小心翼翼地步向種子，經過上次的教訓他再也不敢在種子的附近催動靈氣。

「又全被這種子吸走了嗎？」白邪難以置信道：「這裡頭到底能容納多少靈氣？簡直就是一個無底洞。」

突然間濤聲四起，巨大的浪聲從前方席捲而來，白邪頓時在胸前豎起劍指，嘴唇微微開合，一面光罩便驀然形成將白邪籠罩其中，抵抗巨浪的沖襲。

光禿的靈海一下子就被充沛的靈液填滿，置身在海底的白邪腳底用力一蹬便從水底躍至半空，展現於眼前是傾天而落的巨大瀑布。

原來陸道因為抵受不住飢餓感，又在池邊大口大口的喝起靈液來，那面巨大瀑布便是他所喝下的靈液。

「呼……」再度喝撐的陸道滿足地躺在地上，暫時解決了燃眉之急。

之所以說是暫時，那是因為懸浮在靈海上空的白邪看到腳下突然出現了一個巨大漩渦，而漩渦的中央正是那顆種子。

靈海中的靈液被它以誇張的速度汲取，水位不斷下降，轉瞬間整個靈海再度見底，連飄散在空氣中的一絲靈氣也不能倖免。

「這種子只要一日留在小鬼的體內，他就無法在靈海中匯聚靈氣，這樣的話他終其一生也頂多能晉升至一星的程度。」白邪於心中暗道：「老祖為何要留這顆種子下來？」

白邪實在想不明白鬼道老祖的用意，正當他帶著疑問準備從靈海中離開之際，種子黝黑結實的外皮突然*「咖」*的一聲裂出了一道細紋。

原本還因煩惱而無神的雙眸，在目睹種子皮裂開後瞬間重現生氣，白邪興緻盎然地望著一道裂縫，腳也不自覺地慢步走向了那顆差點要過他命的種子。

「難道說這種子吸收如此大量的靈氣是為了萌芽生長嗎？」

白邪瞪大了眼睛道：「在這裡？靈海之中？」

根本無需翻查腦海中的古籍，白邪也可以斷定此事絕無先例。

只不過事實就放在眼前，不由得他不信，只是遲疑了片刻白邪的注意力又放在種子即將萌芽一事。

「到底……最終會長出甚麼東西來？」白邪很是期待，對於一切的未知，對於一切的智慧，他始終對這兩樣東西如飢似渴，從不抗拒。

「算了，想再多也沒有用。」白邪仰天大喊：「小鬼，你還好吧？」

外面的陸道摀著咕嚕作響的肚子猛地坐了起來，表情難受道：「不好……又開始餓了……」

白邪笑了笑說：「把上衣脫了然後走進池子裡面，我來遏止你的飢餓感。」

陸道搖搖晃晃地站了起來，光著上身腳步踉蹌地步入靈池。

平靜的池面泛起了漣漪，陸道划拉著水聲往池中心走去。

下水的瞬間，一陣刺骨之寒透過皮膚傳來，陸道不由得後頸一縮，整個人也在冰冷的靈液中打起顫來，不過注意力也因此分散了不少，來自腹中的暴動總算稍微消停下來。

冰冷與飢餓感在爭奪著刺激陸道的權力，最終兩者彼消的情況下，陸道反而感覺好多了。

靈海中的白邪望著地上的種子，不斷詢問自己是不是真的要這麼做？

「世界上會有人捨得把一池子的靈液灌到一顆種子裡面，就僅僅是為了看它發芽後會長出甚麼東西來嗎？」白邪笑道：「這種傻瓜大概也只有我了。」

「本尊就不信你一顆小小的種子能把這一池靈液吸光！」白邪仰天大喊：「小鬼試著把靈液想像成靈氣然後再導入體內吧！」

全身哆嗦著的陸道口鼻噴著白煙，結巴道：「想像成靈氣？」

半身浸泡在靈液中的陸道雙目緊閉，呼吸平穩有力，片刻之後翡翠般顏色的池面泛起了耀目的光芒。

同時間靈海中的白邪也懸浮在靈海半空，幫助陸道將靈泉中的靈氣引導入體內。

陸道感到下腹丹田位置傳來一陣熾熱，靈液在接觸到皮膚後瞬間被吸入體內。

期間陸道感受到力量正源源不絕地流向四肢百骸，作為新修行者的他也能確實地感受到靈液中蘊含的巨大能量。

白邪在靈海中也沒歇著，只見一身白衣的他閉著眼睛懸停於靈海上空，披散的長髮輕盈地飄逸著。

體表正微微透著光芒的他正用意念協助陸道將靈液導入體內。

很快的，滔天瀑布再度出現，源源不絕的靈液如從九天落下，重重地沖刷在種子之上。

正如白邪所料，靈液瞬間就被種子的表皮所吸收。

「啪。」

種子經過一輪沖刷後，種皮上的裂縫漸漸變大，很快地，一株嫩芽便逆著激落的瀑布，頂著巨大的衝擊力強橫地生長起來。

白邪於空中也看得很是吃驚，生命力如此頑強的植物他也是頭一回見到。

「實在是……太神奇了。」白邪已經很久沒有像這樣為了未知事物而興奮得渾身顫抖。

隨著陸道的呼吸起伏，靈液被不斷引導入體內，時間長了翠綠色的池水漸漸變淡，水位亦以緩慢之勢在下降著。

靈氣同時沖刷著陸道全身每一寸筋骨，每一絲的肌肉，一直以來堵塞的經絡被強行衝開。

正當陸道感覺良好之際，胸口突然一悶，喉嚨咳出一大口淤血來，白邪於體內道：「這是一直積聚在你身體裡的污髒之物，別分神，繼續引導靈液。」

陸道吐出淤血後頓時覺得神清氣爽，全身上下都有股說不出的力量正在體內湧現。他在不知不覺間居然完成了「洗髓」這一步，這也是白邪不曾想過的。

此時種子已長成了一顆小樹，扎根於靈海的岩石上茁壯成長，隨著靈液不斷灌溉，小樹漸長漸大，一眨眼就成了一棵枝繁葉茂的參天巨樹。

看來這種子的成長速度是取決於靈氣的供應量，靈氣愈多成長速度愈快。難怪它在小鬼的體內躺了這麼多天都沒有反應。若不是運氣好遇到這麼一池子靈液，單憑陸道一人大概花上幾千年，

種子也破不了皮。

翠綠的樹頂上突然結出了一顆綠色的果實，白邪目睹以後眼睛都興奮得快放出光來：「是這個了！這才是老祖真正的傳承！」

果實由拇指般的大小漸漸變得跟巴掌一樣，顏色也從青綠色漸漸變黃，無論是形狀還是顏色都不屬於任何一種白邪見過的靈食。

「快好了……果實快成熟了！」白邪望著愈發成熟的果實笑道。

靈池中的靈液被陸道大肆吸入後已所餘無幾，灌入體內的靈液亦因此減少，靈海上空的瀑布之勢有所放緩，果實成長的速度也因此變慢下來。

白邪張嘴正想問陸道發生甚麼事時，傾瀉而落的瀑布更是突然消停下來。

「靈池……已經乾涸了。」陸道無奈道。

眼見果實明明只差一點點就能成熟，偏偏就卡了在這個節骨眼上，白邪心裡可是急得有如熱鍋上的螞蟻。

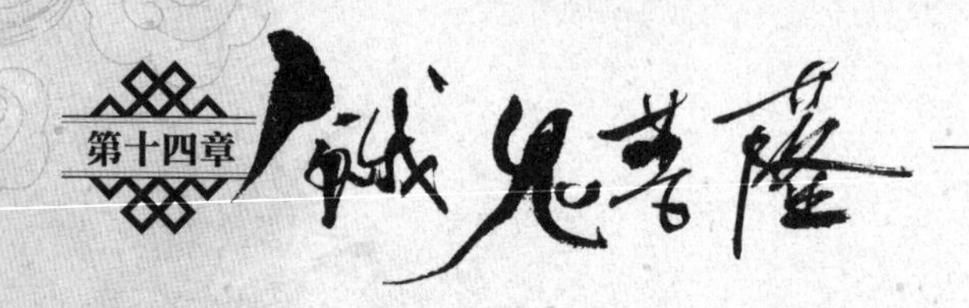

第十四章

「不會吧？？」白邪轉瞬間就從陸道體內回到秘境。

精神煥發的陸道站在空空如也的靈池內，渾身充斥著一股說不出的力量，只是小腹丹田處卻傳來隱隱不適：「我現在老有一種吃撐了的感覺。」

「種子不但發芽而且還開花結果了。」白邪沮喪的坐在池邊。

陸道沒聽明白白邪在說甚麼：「種子？開花結果？」

心情不好的白邪不耐煩地應道：「自己去靈海裡看看！」

陸道閉上眼睛內視其身，當他看到矗立在靈海裡的參天巨樹後就睜開眼睛驚慌道：「這是怎麼回事！？我每次吃橙子都有好好把種子吐掉的！！！」

「甚麼橙子……」白邪白了他一眼又道：「那是傳承之種，具體情況我也不清楚，果實距離成熟只差一步就因為靈池乾涸而停下來了。」

「這一次也好，禁書庫那一次也好，怎麼總挑在重要關頭時出事。」白邪咬著牙關不甘心道。

陸道從池底爬回岸上，此時的他除了肚子稍微有一點不舒服

外，四肢百骸間都有著一種說不出的痛快。

本來陸道只打開了天頂一竅，其他六處靈竅則被長年積聚在體內的毒素所堵而無法正常運作。

現在他的身體經過如此高濃度的靈液沖刷過後，毒素隨著那一口黑血被盡數排出體外，堵塞的靈竅亦因此開啟，能比以往更加容易將靈氣引導進體內。

「一般來說只有大家族、大門派會擁有靈泉，而且當中就只有精英能接受洗髓。」白邪補充道：「就像一把鈍刀經過研磨後會變得鋒利，人只要經過洗髓後在感應與操控靈氣上都會比一般人要強。」

陸道聽罷立馬閉上眼睛嘗試將靈氣引導入體內，陣陣清涼的感覺頓時經由七處靈竅滲入身體。

飄散在秘境上空的靈氣順利地被引入陸道體內，在他的體表泛起了陣陣翠綠光芒。

「呼……」

陸道停止吐納後光芒漸漸消褪，丹田中湧現出一絲暖意，陸道當堂為之一振，輕閉的雙眸猛然一睜，拳頭破風而出在空中發出了清脆的響聲。

陸道緩緩鬆開拳頭，臉上盡是驚喜之色，他頭一次確實地感受到自己正在變強。

白邪雖然知曉洗髓的原理，但也沒想到陸道會洗得如斯徹底，七竅全開，即使是他當年找了一口野靈泉洗髓也只打開了五竅，剩下的一竅還是他用野路子給強行破開的。

「咳……不要自滿。」白邪乾咳一聲又道：「不過這樣總算是好的開始，現在你只需覺醒靈技便會晉升成一星修行者。」

「不是要進食靈食後才能覺醒靈技嗎？」陸道無奈地聳聳肩：「爺爺說過鬼哭林上一次發現有靈獸是在五百年前，現在上哪找啊？」

「不……不用找靈獸。」白邪走到上身赤裸的陸道跟前，伸出修長的食指輕輕點在他的小腹上說：「最適合你的靈食就在這裡！」

「那果實不是還沒成熟？」

「所以接下來我想催熟它！」白邪背著手在秘境中踱步：「在進入禁書庫前我曾在鬼哭林設下一處密室，裡面放置了我一些秘

藥和收藏品，還有……」

白邪猶豫了一下，想了想後又說：「一條看門狗吧……大概？」

「你還養狗？」陸道訝異道，這跟他想像中的大魔頭形象有著極大的落差。

「幹嘛？本尊對著你們這些凡人就想吐，難道還不能養養寵物調劑心靈？」白邪不悅道。

陸道沒有回答，腦袋裡開始想像白邪所養的那條狗到底有多大隻，面目又有多猙獰。

地面突然傳來巨響，整個秘境劇烈地震盪起來，天空中也出現了裂縫，一大塊天空碎片重重砸落至陸道腳邊。

「糟了，你剛剛把整個秘境裡的靈氣都榨取乾淨了，這個小空間要崩塌了！」白邪皺眉道。

秘境外。

由於兩個空間的時間流動並不相同，此時的鬼哭林早已天亮，煉妖師張風在秘境外守了整整一宿就是為了埋伏陸道，搶奪他手上的封魔笛。

然而他心中也很沒底氣，誰會知道對方在甚麼時候才願意從秘境中出來，當他等得不耐煩正想放棄離開時，四周冷不防就被白霧所籠罩。

張風頓時嘴角上揚，因為他知道這是秘境入口打開時的徵兆，果然不出他所料，在白霧湧現後沒多久，赤裸上身的陸道就拿著衣服從秘境中狼狽地跑了出來。

張風冷冷一笑，手裡拿出一個白色小瓶，上方以朱砂寫有封印冥紋，這是他手上最後的殺著，一星的妖怪——餓鬼菩薩，因「餓鬼」屬性平日需以大量靈魂餵養，跟能放養、自給自足的影觀音相比，對煉妖師的負擔較大，故此在妖物榜中只能算是下位的妖怪。

雖然有著食量大這缺點，但是餓鬼菩薩還是有其優點存在，那就是當它的飢餓感到達極限時，為了捕食靈魂會進入極其瘋狂的狀態。

餓鬼菩薩會化身成真正的餓鬼，不分敵我襲擊，就連張風自己也沒法駕馭，放了它就再也別想回收，這對一名煉妖師來說是

一筆巨大的損失。

可當天秤的另一側放上了封魔尺時，餓鬼菩薩瞬間就顯得微不足道。

藏身於暗影中的張風悄悄地將塞住小瓶瓶口的紅布拔走，一股黑霧噴湧而出，席捲陸道。

張風獰笑道：「一根骨頭都別給我留下來！」

一波未平，一波又起，陸道剛從崩塌的秘境出來時發現天亮了，然後天又突然變黑了。

「來了。」白邪在陸道體內淡然道。

話音畢落，一陣急風猛然襲向陸道，七竅全開的他彷彿開了天眼般，身體往後微微一靠就以最小的動作躲開了致命一擊。

陸道不但看得見對方快速的動作，而且看得很清楚，那是一尊全物被黑霧纏繞，有著不合比例的修長四肢、面目猙獰的菩薩像。

餓鬼菩薩像野獸一樣匍匐在地上，嘴巴裡是尖銳的牙齒，手上是銳利如刀的爪子，它每走一步，繚繞的黑霧便會使四周的植物枯萎死亡。

它的脖子像蟒蛇一樣粗壯，同時亦能像小蛇般靈活，長滿尖牙的血盆大嘴張開時一種血腥味撲鼻而來。

換作是一般人，面對這樣的妖怪恐怕早就嚇得魂飛魄散，更何況是擁有這樣派場的餓鬼菩薩……

「餓鬼菩薩？去你媽的，這種貨色也敢拿出手？」白邪不屑道。

他不用想也知道這靈氣貧瘠的鬼哭林是出不了兩隻一星妖怪，換言之這隻餓鬼菩薩肯定是屬於那高個子煉妖師。

「主人現在應該是躲在旁邊觀戰。」白邪試著感應對方但無果：「大概是用了甚麼靈導器隱藏了自己的氣息。」

白邪正想附身好好教訓對方，卻沒想到陸道早已是一副摩拳擦掌，蓄勢待發的模樣，他見狀輕輕一笑，改變了主意：「這一次你來吧。」

「正有此意。」陸道從上衣中取出封魔笛，笛子在陸道手中旋即化作一把黑色長尺，刻在上方的金色冥紋正閃耀著光芒。

陸道以手中黑尺直指向前方妖物，眼前的它與影觀音的模樣重疊一起，爺爺和村民喪生的畫面再度浮現眼前，封魔尺被憤怒的他給捏得勒勒作響。

「不會再放任你去害人了。」陸道眼中殺意湧現，咬牙道:「絕對！」

第十五章 封魔

餓鬼菩薩目光陰森的盯著陸道，長有銳爪的前肢往地上重重一拍，雄渾的妖氣立馬暴傾而出，同時間仰天發出怪嘯，強烈的聲波連陸道都感覺到身體在隱隱發震，一股看不見的壓迫感正泛著殺氣，彌漫著整個場面。

纏繞在餓鬼菩薩四周的黑霧愈發濃郁，不但遮天蔽日，更將它徹底包裹起來，漆黑中就只能看到它那血紅色的眼睛像鬼火一樣懸停於空中。

紅色的雙眸在充溢著霧氣的黑夜中搖曳，留下赤色的殘光。

說時遲，餓鬼菩薩冷不防咧開嘴巴，一團柱狀黑霧便以洶湧之勢朝陸道傾瀉而出。

陸道立馬將封魔尺護於身前，轉瞬間就被激流般的黑霧吞噬，不遠處的張風正以靈技夜幕藏身於黑暗當中，安然地作壁上觀。

當他目睹陸道被餓鬼菩薩的瘴氣吐息噴個正著，當下就樂得笑出聲來，滿以為對方就這樣輕鬆簡單的被解決了。

黑霧中，白邪在陸道耳邊警告道：「屏住呼吸，這些黑霧也是瘴氣的一種，雖然比禁書庫外的瘴氣弱得多，但吸入的話整個肺都會被瘴氣蝕出無數小洞，到時你就會窒息而死。」

陸道神識一沉，一陣暖意便從封魔尺中湧出，經由手掌覆蓋全身以保護他不受瘴氣所侵蝕。

置於身前的封魔尺猛然一顫，原來餓鬼菩薩的巨大爪子已劃破黑霧，重重擊打在封魔尺之上。

餓鬼菩薩那非人的怪力不但將陸道連人帶尺一同轟飛，更將繚繞於四周的可怕瘴氣也一擊打散。

「*呼！*」陸道在空中劃出一道漂亮的弧線，最後狠狠地撞到一株古樹上，巨大的衝擊力使得三人才能合抱的巨樹也被撼動，樹葉頓時如雨般緩飄而落。

「疼疼疼……」陸道撫著微微發疼的後腦勺嚷道。

這就是一星的妖怪威力嗎？

要是沒有那層靈氣將衝擊力吸收掉的話，想必會是另一種結果。

沒等陸道恢復過來，一個黑影又朝向他劃著破空聲呼嘯而來，餓鬼菩薩十尺長的脖子如箭般射向陸道，危急之下他只能往旁邊滾去，餓鬼菩薩滿嘴的尖牙一口就在古樹上啃出了一個半圓形缺口。

「小鬼，你還行不行？」白邪見陸道就只有捱打的份，趁著餓鬼菩薩把脖子縮回身體時問。

「當然。」陸道眼神堅定道。

他才剛説完，餓鬼菩薩又再次直接出擊，只見它靈巧如蛇的頭部一閃之下，以駭人的氣勢張著血盆大口出現在陸道面前。

「這樣下去沒完沒了啊！」陸道兩手緊握著尺柄，將手中的封魔尺高高舉起，毫無花俏的對著餓鬼菩薩一劈而下。

沒想到對方不閃也不躲，用臉強行硬接。

黑色的尺身猛擊在餓鬼菩薩灰綠色的外殼上，發出了一記悶響，餓鬼菩薩除了臉上裂出了兩道縫外，分毫無損。

「甚麼？」陸道訝異道。

餓鬼菩薩獰笑了一下，把頭像錘子一樣猛砸向陸道，這一次陸道來不及架起封魔尺回防，身體左側遭受到餓鬼菩薩的一道頭錘重擊。

先是骨頭碎裂的聲音，接著便是陸道凄厲的叫聲。

他像滾地葫蘆般在滿是枯葉的地上翻滾著，左手及肋骨傳來陣陣劇痛，陸道咬緊牙的同時額上青筋亦不斷在跳動。

餓鬼菩薩自然不會給陸道翻身的機會，血口一張又朝他撲了過去。

長年的狩獵生涯造就陸道不屈的性格，縱然是常人無法忍受的巨痛，他也能超越極限強忍下來，想辦法逃生。

在死亡的威脅下，陸道總算是從劇痛中稍微回過神來，他喘著粗氣趁對方撲襲而至時，找準機會乘勢將封魔尺狠狠地捅進餓鬼菩薩的眼窩內，然後從後腦勺中穿刺而出。

餓鬼菩薩立馬怪叫著把頭縮了回去，那撕心裂肺的叫聲響徹了整座鬼哭林，最終它摀著左眼的前肢緩緩垂下，猙獰的臉上如今就只剩下一隻紅眼，猶如祭台前的紅燭只點燃了一根般。

在遠處的張風目睹後也脫口而出：「傷勢沒有復原？」

緊接著他又馬上望向陸道。

「呼……呼……」驚魂未定的陸道半躺在地上，手仍然維持著同一姿勢，黑尺的尺身泛起了點點金光但又旋即消逝。

正如張風所料，封魔尺是世間一切邪祟妖怪的剋星，只要是由封魔尺造成的傷勢都會因封印之力而無法復原。

得悉這一點後，張風非但沒有心痛餓鬼菩薩，反而更因封魔尺的寶貴而興奮起來，甚至不惜一切也要把它弄到手。

要是將這寶貝上交給大祭司，或者自己藏起來偷偷使用，任何一個選項都會使他未來的修行之途變得輕鬆。

餓鬼菩薩陷入了暴怒的狀態，灰綠色的外殼上裂出了無數裂縫，體內泛起的紅黑之光經由裂縫滲透而出，它張著嘴巴開始凝聚全身的妖力。

「幹得不錯。」白邪居然誇獎了陸道：「第一次來說已經算很不錯了，接下來就讓本尊……」

「不用。」陸道居然笑了：「我好像已經領悟到封魔尺的用法了。」

「你……自己學會了？」白邪的聲音因為吃驚而微微發顫。

陸道踉蹌的站了起來，左手與肋骨仍然是鑽心的痛著，他咬緊牙關，深深吸了一口氣，手中的黑尺像是在呼應他，刻有的冥紋在同一時間迸發出炫目的金光。

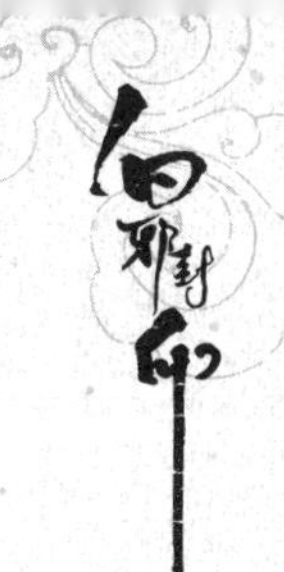

光輝燦然的尺身驅散了周遭的黑暗，如曙光照耀萬物，一直盤踞在陸道心中的不安瞬間被光芒一掃而空。

陸道咆哮著將全身的力量注入封魔尺，餓鬼菩薩一看到封魔尺所迸發出的異樣光芒，馬上意識到即將發生的事情，恐懼地怪叫著想要逃跑。

陸道反握著封魔尺置於身後，金光在不斷凝聚，張颪在神聖而又清澈的光輝照耀下，張著嘴巴驚訝得說不出一句話來。

在靈氣的加持下陸道化作一道閃光，一瞬間就來到餓鬼菩薩面前，將它攔腰砍作了兩半。

手輕輕一抖，黑尺變回了綠笛的模樣，身後的餓鬼菩薩也頓時化作飛灰飄散。

第十六章

張風的野心隨著餓鬼菩薩消逝而幻滅，少年的英姿已深深烙印在他的腦海中。

「可惡……」他悔恨地握緊拳頭，然後在黑暗中遁影而逃。

在鬼哭林間快速逃竄的他吹響了口哨，一隻烏鴉便從林間應聲飛出，拍著翅膀落在陸道身旁的一棵樹上，監視他的一舉一動。

張風狠狠道：「你給我等著瞧！」說罷便消失於樹叢當中。

陸道在消滅餓鬼菩薩後撲通一聲就倒在地上，方才一戰消耗了過多體力，繃緊的神經在戰後稍微放鬆下，他就立馬力竭倒地。

「小鬼，你沒事吧。」

「還死不了。」陸道躺在地上苦笑道：「只是手腳不聽使喚而已。」

「這是靈氣被榨乾的正常反應。」白邪將餓鬼菩薩四散的靈氣導入陸道體內，然後又把自己的靈氣分了一些給他，這樣陸道才能勉強地站起來。

陸道檢查了一下傷勢，左手手臂瘀腫了一大片，肋骨也折了兩根，幸好他平常慣用右手，還是有基本的自理能力。

他像是要尋找甚麼似的在地上左看右看，很快他便走到一堆枯葉前，從中拿出自己的上衣。

只可惜衣服已被瘴氣所蝕穿，像是一堆破布條似的被他拿在手上，陸道只能沮喪將它丟棄。

白邪心裡也是長舒一口氣，雖然陸道剛才所展示出來的實力也足以把煉妖師嚇跑，但就算是這樣他也不能百分百確定，況且陸道如今虛弱成這樣，走起路來也搖搖晃晃的，所以能避免交手的話就盡量避免。

「起行吧，對方怕且也知難而退了。」白邪道：「密室中有衣服可供你替換。」

陸道本想繼續行程，然而已經空腹太久的他實在是受不了，於是叫停了白邪，來到一株樹齡達數十年之久的赤松樹下開始在枯草堆中翻找起來。

白邪現身於陸道身後，探頭而望，好奇地問:「你在幹甚麼？」

「找吃的。」

陸道搜索了一陣子，指尖像是找到甚麼似的，臉上流露出喜悅的表情，只見他將長草撥開以後，數枚比兩根手指還粗的野生傘菇便出現在眼前，斗笠般的傘呈淡褐色，菇柄也是淡淡的灰白。

白邪馬上流露出嫌棄的神情，一副「這玩意也能吃？」的樣子。

作為在山裡養大的孩子，陸道基本上是把夜叉山附近能吃的動植物都記了下來。

他興奮地把數枚野生傘菇都挖了出來，把沾染在傘上的泥塵灰土拍掉，笑著遞給白邪道：「這些野菇烤起來可香了，你要嚐嚐嗎？」

白邪以為是自己聽錯了，表情遲疑了一下，臉龐開始不自然地抽搐起來：「你是說讓本尊把這從土裡挖出來、沾滿地氣、滿是土腥、長得又醜的東西吃下去？」

陸道保持著微笑點了點頭。

「開甚麼玩笑！！！！」林中的飛鳥都被白邪的大嗓門給嚇飛了。

陸道用手指塞住耳朵，一臉無辜的把手收了回來：「不吃就不吃，這麼大聲幹嘛……」

時值盛夏，不是這種野生傘菇的收獲季節，而且當中也不蘊含靈氣，是普通得不能再普通的凡品食材。

陸道哼著小曲，在挨棵樹下找野菇，不到一個時辰就捧著一大堆傘菇回來，堆在地上成了一個小山丘。

他在地上用乾草枯枝生火，盤腿坐在火前把野菇一個接一個串到松枝上。

過了一會兒後，陸道每道指縫間都夾著串滿野菇的松枝，放在火上慢慢烤了起來。

然而柴火上的火星半明半暗的，火勢不大，陸道只好將松枝放下，趴在地上側頭一吹立馬就被濃煙嗆得咳嗽連連，眼淚直流。

白邪雙手枕在腦後，躺了在陸道身後不遠處的枝頭上，眼角的餘光瞥了咳嗽不已的陸道後就滿意地閉上眼睛繼續養神。

陸道咳了好久才消停下來，此時的他不禁懷念起自家灶房裡的一根吹火筒，要是有它的話生火就不會這樣容易被煙嗆到了。

他用無奈的眼神往四周打量了一下，沒有發現可以製造成吹火筒的竹子。

正當他打消念頭準備繼續趴在地上生火時，封魔笛突然咕嚕咕嚕的滾到他面前。

「哦……？」陸道靈機一觸，笑著把封魔笛抓在手中。

假睡的白邪突然聽到底下傳來陸道雀躍的聲音：「哇！成功了！」

在好奇心的驅使下他把左眼微微睜開了一條細縫想看看發生甚麼事，殊不知那畫面一映入眼中，白邪就立馬雙目圓睜，驚惶失惜地從樹上躍下大叫道：「你……你你你你你在幹甚麼！！！」

陸道揚起一道眉毛，一臉不解地望著白邪，而手中握著的，是末端正被熊熊烈火灼燒著的封魔笛，他用十根手指把氣孔都堵起來後就直接把它當成吹火筒來使用。

而且……效果很好！用力一吹火焰便「蓬」的一聲快速燃燒起來。

白邪眼見姑蘇大人留下來的珍貴靈導器被陸道這番糟塌，頓時激動得語無倫次：「你你你你他媽居然把吹火筒當成是封魔笛來用！？」

「幹嘛這麼大驚小怪？」陸道不悅道：「不就換了個用法而

已。」

「這對於我等鬼道傳人來說可是聖物啊！！！！」白邪崩潰道：「從來沒有一個傳人會如此使用封魔笛的！」

「哇！那我是不是給它開發了一個新用途？」陸道笑著向封魔笛導入靈氣，使之變成尺子，接著他便拿起一塊不知從哪裡撿回來的岩鹽在冥紋凹處上磨起鹽粒來。

「啪！」

白邪腦袋中傳來理智斷裂的聲音，激動得當場兩眼反白暈了過去。

等他回過神來時，陸道剛好往烤熟的野菇串上灑了鹽粒，陸道見他醒了便道：「可以吃了。」

「本尊沒有肉身，無需進食！」他仍氣在頭上，別過臉不理陸道。

美食當前陸道也顧不得燙舌，拿起一串稍微吹了兩下後就往嘴裡送去。

「呼赫……呼赫……燙燙燙！」陸道果然被燙到了，嘴裡不斷快速呼著氣來給嘴裡降溫。

待熱度下降至能接受的範圍，他便用臼齒用力咬下，野菇內特有的濃郁香味瞬間傳遍整條舌頭，在鹽的調和下，菌菇的鮮味被徹底解放。

陸道嚼著美味的野菇，臉上洋溢著幸福的表情，白邪見狀「哼」了一聲又別過臉去，小聲道：「演得還像模像樣。」

這種東西會好吃，白邪打死也不相信。

可是陸道吃得津津有味，一顆接一顆消滅，速度猶如風捲殘雲。

白邪也覺得很奇怪，他明明就對菇類食材沒甚麼特別愛好，甚至還有一點點抗拒，但是看到陸道啪滋啪滋吃得這麼香時，他居然看餓了！

很快地，地上就只剩下最後一串磨菇插在火邊，陸道拿起烤串剛想往嘴裡送，快送到唇邊時他又突然轉身問白邪：「白邪，你真的不……」

林中刮起了一陣疾風，陸道身子微微一晃後，表情就變得邪魅起來。

「既然你如此誠意邀請，本尊也不會拒人於千里之外。」被白邪附身的陸道笑道。

「這傢伙……」被強行頂了下來的陸道在身體內抱怨。

白邪把烤野菇湊到鼻子下聞了聞，是挺香的！他試探性地咬下一顆野菇嚼了起來，接著便神色一凝地把剩下的野菇一掃而空。

最後他擦著嘴巴，打了個飽嗝後又一本正經的道：「果然還是土腥味太重。」

「這時候不是應該說好吃的嗎？？？」

第十七章 魔道

鬼哭林深處，濃郁的白霧叫人無法辨別方向。

兩名煉妖師正在火堆前等候另外兩名同伴回來，失去了左眼的中年煉妖師孫河頭上包紮著染紅的傷布，手裡握著一個白玉小瓶，裡頭封印著一星的妖怪白骨兵。

另一名臉上有十字疤痕的煉妖師祝龍則不耐煩地在火堆旁邊來回踱步，最終他忍受不住停下來破口大罵：「張風跟魏東兩人到底跑哪去？三個月前明明是他們提出在這裡匯合的！」

「可能是遇上甚麼麻煩了吧？」孫河憐愛地不斷拭擦手中的玉瓶，不以為然道：「要不就別等他們了，回去交差吧？」

原來這一次他們是奉大祭司之名來此地殺人煉妖，每個人最少要上交一隻一星或以上的妖怪才能免受懲罰，而上繳者則可根據上繳的妖怪等級換取相應的獎勵。

「白骨兵的實力在一星中雖然只算中游，但勝在晉升潛力夠高，只要培育得當，他日就能成為鬼將軍！」獨眼的煉妖師孫河把木造義眼從左眼眼窩中取出，他用完好的右眼望著手中的義眼興奮道：「這下總算可以跟大祭司換取可以讓眼睛再生的靈食！」

背對著他的祝龍突然停住了腳步，暗地裡一臉憎惡地小聲詛罵孫河：「這傢伙自己能交差就囂張起來了……」

此時白霧中突然出現一個黑影逕自朝兩名煉妖師的位置走去，當霧氣從黑影的臉上散去時，張風滿臉不忿的出現在同伴面前。

祝龍看見張風這落魄的模樣後就知道他也一無所獲，於是便上前跟他勾肩搭背道：「看樣子你跟我一樣也沒有收獲？」

祝龍朝張風身後看了看旋即疑惑道：「咦？怎麼只有你一個人？魏東呢？」

張風冷冷道：「他死了。」

「哦？」祝龍一聽馬上興奮地問：「怎麼死的。」

張風對此也毫不意外，魔道之間談何手足之情，有的僅僅是互相利用罷了。

他之所以回來，是為了借助另外兩人之力來拿下陸道，然而天下沒有免費午餐，若把封魔尺的事情告訴他們，最終上繳時的功勞就肯定沒法獨佔了。

經過兩次交鋒後，張風知道自己完全不是陸道的對手，與其白白放他走，還不如跟同伴聯手殺了他，這樣好歹也不用無功而回。

他心裡很清楚任務失敗的話，懲罰可不是開玩笑的，他想到這時不禁瞥了裝有義眼的孫河一眼。

「喂！怎麼不說話了？」祝龍皺眉催促道。

張風隨即回過神來應道：「被一個剛開竅的小修士給殺了，連帶著我們花了三個月時間煉出來的影觀音與餓鬼菩薩。」

「小修士？」祝龍以為自己聽錯了：「還是處於開竅期的小修士？」

「啊，是的。」張風咬牙道：「那傢伙手上拿著一把罕見的一器兩技型靈導器，他先是把我們放養在夜叉山附近的影觀音殺掉，然後魏東被他一招就壓成了肉醬，最後連我煉出來的餓鬼菩薩也被一下幹掉了。」

「哦？」祝龍得知對方手上有著罕見的靈導器後，眼裡頓時放光，笑著說：「你確定？」

「魏東都死了！還能是假的嗎？」張風不悅道。

祝龍半瞇著眼睛，嘴角上揚地笑著望向張風，眼神彷彿是在說：「鬼才知道是不是你這小子把他給殺了，然後捏造一個虛假的敵人出來？」

張風自然是明白對方這眼神是甚麼意思，只是懶得作口舌之爭，他揚起下巴道：「我也開門見山吧，你們誰願意助我一臂之力將那小子殺掉，上繳後的功勞我六你們四！」

祝龍心裡盤算了一下，要是他們真的能上繳一件一器兩技型的靈導器，懲罰是肯定可以免除了，單就稀有程度來看，兩成的回報應該也是相當可觀。

祝龍笑了笑道：「可以，要是真有此人的話我願意助力。」

「他媽的……甚麼叫『要是真有此人』？」張風小聲嘀咕後又扭頭去問正在不斷拭擦白玉瓶的孫河：「那你呢？」

孫河瞥了兩人一眼後沒好氣地說：「我不去。」

張風聽罷滿臉意外地又問：「為甚麼？是一器兩技型的靈導器！你沒興趣嗎？」

孫河皺著眉從火堆後站了起來：「我已經完成任務了，憑甚麼要再跟你們去冒險？而且那小鬼一聽就不正常，一個開竅期的小修士能把你們打成這樣？鬼才信！他背後一定有高人在暗中指點！」

孫河不會忘記上一次執行任務時就只有他一個人無法上繳妖

怪，而另外三名同伴也就是張風等人根本沒想過在過程中幫他一把，對苦苦哀求的他更是視若無睹，結果接受的懲罰就是活活地被剮出了左眼。

既然你們不仁也別怪我不義，孫河「哼」了一聲後就坐回火堆旁，不發一語。

張風想了想也是，孫河已經完成了任務根本沒必要再冒險，然而祝龍也沒有所謂，孫河不來也意味著少一個人攤分自己的報酬。

「獨佔四成報酬嗎？」祝龍心裡美滋滋的。

祝龍朝著孫河伸出一手又道：「你不去沒問題，那把你的白骨兵借我們用一下。」

孫河以為自己聽錯了，睜大眼睛愕然道：「甚麼？」

祝龍不耐煩道：「把你的白骨兵借來用用啊！對方那麼猛，手上的殺著當然愈多愈好。」

「想太多！」孫河驀地站起，帶著裝有白骨兵的白玉瓶轉身離去，準備遁霧而去。

於他身後的祝龍獰笑著豎起劍指，嘴裡也唸唸有詞，孫河腳下冷不防出現一個血色大陣，薄紅色的無形光壁將他與外界完全隔離，任他做甚麼也無法從中離開。

孫河驚慌地拍打著光壁道：「祝龍！你想幹甚麼！？」

祝龍眼神凶險道:「沒事，就是想借你的白骨兵來用用而已。」

「你……你想借就拿去！」孫河知道這血陣為何物，急忙求饒道：「快把血陣撤去！」

「不用了，我不想借了。」祝龍眼中凶波流轉:「我想要了。」

絕望的孫河自知死劫難逃，完好的右眼頓時失去生氣，祝龍打了個響指後，血陣中的孫河便立馬化作一灘血水。

孫河生前所穿的衣服飄浮在血泊之中，木造的義眼載浮載沉著，最終裝有白骨兵的白玉瓶被祝龍輕輕拿起，拭去鮮血後被放入懷中。

祝龍伸了個懶腰，彷彿甚麼也沒發生過般從張風身邊走過：「走吧，手上有稀有靈導器的小鬼在哪？」

張風瞥了他一眼，剛才要了孫河命的正是祝龍的靈技「殺戮血陣」，有著需要提前以鮮血佈陣的缺點，但是只要目標步入血陣之中，只要雙方實力不要相差太大，祝龍都有信心可以將對方化成一灘血水。

「這傢伙原來早就在這裡佈下陣了……看來不管孫河答應與否，祝龍都會殺了他來搶奪成果。」張風想了想後回答對方：「不知道。」

祝龍一臉殺氣望著張風：「你耍我？」

「我哪敢跟祝龍大哥你過不去？」張風邪笑道：「放心吧，我已經派了線眼跟著他，那小子是絕對跑不了的。」

在危機逐漸逼近的同時，光著上身的陸道半瞇著眼睛不斷環顧四周。

白邪疑惑地問：「怎麼了？」

「我老是感覺到有人在監視我。」陸道不解地問：「難道是我想太多了？」

白邪想了想然後閉上眼睛去感受四周一切，最後果然被他在

一隻烏鴉身上感受到靈氣的波動，這鳥大概是被煉妖師當成線眼來監視他們的一舉一動。

只不過現在被白邪發現了也等於沒用了，他壞笑著問陸道：「小鬼，肚子還餓嗎？」

「餓啊……」陸道摀著肚子難受地說：「今天又走了一整天，能不餓嗎？」

白邪笑著在陸道耳邊細語，他的視線也隨著樹身來到枝頭上的烏鴉身上，最後陸道半瞇著眼睛朝烏鴉，意義深遠地叫道：「哦──？」

本來還在監視陸道的烏鴉突然感受到一股寒意，接著一個駭人的黑影獰笑著驀然出現在牠面前。

「鴉？」由於事出突然，烏鴉驚慌地拍著翅膀叫了一聲。

半個時辰後，陸道哼著小曲蹲在樹下烤起肉來，串著鳥肉的樹枝在熊熊燃燒的火堆上燒烤著，地上滿是黑色的羽毛。

第十八章 密室

鬼哭林沐浴在刺眼的耀陽底下，兩名煉妖師正朝著陸道所在的方向狂奔。

突然間張風停下了腳步，臉色變得十分難看。

「可惡……難道說我的線眼被發現了嗎？」同時間他身後傳來了祝龍不悅的質問。

「怎麼停下了？」祝龍冷冷道：「該不會是跟掉了吧？」

張風只能暗地皺眉，轉身如實相告：「啊……大概是我佈下的線眼被發現了。」

「我希望……你先前所說，帶著一件罕有靈導器的小鬼是確實存在的。」祝龍把玩著手中的白玉瓶，臉色忽然一沉道：「不然我可是會很生氣的。」

「放心吧，情況再差你也有一隻白骨兵回去上繳，而且我的靈技根本無法對你產生威脅，這一點你再清楚不過了。」張風自嘲道。

在黑暗中隱形的能力「夜幕」與「殺戮血陣」在條件滿足後發動能致人於死地的能力。

相比之下，張風的靈技明顯要遜色許多。

這一點祝龍是心知肚明的，就是因為他比張風要強，所以才敢與他前來尋找陸道的下落。

「哼，你說過那小鬼正赤著上身在森林裡跑，對吧？」祝龍問。

「是的。」張風點頭應道。

「那就來找找看吧。」祝龍走前了兩步，左手放在嘴前吹出一聲刺耳的口哨，頓時間數十隻倒吊於四周的蝙蝠同時拍翼起飛。

祝龍變著調又吹了一連串口哨後，所有蝙蝠都在同一時間飛上空中然後往四方八面散去，尋找陸道的蹤影。

此時的陸道已在白邪指引下來到了位於鬼哭林近烏蛟鎮交界的刀鋒山。

山如其名，形如刀鋒，山上的綠色植物使刀鋒山遠看時像一把生了綠鏽的鈍刀。

陸道在竹林中快速穿梭，最終在瀝瀝水聲的帶領下抵達一處石澗瀑布。

時值盛夏，天氣炎熱，陸道二話不説就跳入了小河當中，冰涼的山泉水瞬間就把體內所有暑氣都驅走。

河水非常清澈，連地下有多少條小魚小蝦都能看得十分清楚。

「我生前所佈下的密室就在瀑布後。」白邪指示陸道：「從水底下游過去吧，注意別被水流打暈了。」

*「呼赫！」*陸道伸出水面大口地呼吸著。

眼前數十丈高的瀑布如同激流般沖刷而下，站在這樣的瀑布之下就像是在承受一個彪形大漢用盡全力無間斷的連續拳擊，稍有不慎可不是骨折就能了事，隨時連命都會搭進去。

換作是以前的陸道，在看到這樣的瀑布後大概就打退堂鼓了，可現在的他已經脱胎換骨，今非昔比了！

他深深吸了一大口氣，面龐兩邊像松鼠吃東西一樣鼓了起來，陸道一個猛扎就潛入了水中朝瀑布底下游去。

瀑布沖刷下來的衝力在水底下形成了無數暗湧，陸道閉上眼睛回想當初抵抗瘴氣吐息時的感覺。

慢慢地丹田靈海位置便有一絲熱力滲出，最終傳遍整個身體，

在體內形成了一層保護。

陸道兩腳划著水游進了亂流當中，如巨漢重拳般的衝擊力在靈氣的保護底下變看得如同雨水落在身上般微不足道。

他像魚一樣興奮地在亂流中自由自在地游動著，絲毫不受衝擊力的影響。

「別顧著玩了！」白邪怕陸道把正事忘了，於是便催促道：「我們還要催熟你體內的果實。」

陸道這才依依不捨穿過瀑布來到了一個昏暗的石室當中，渾身濕透的他爬上了岸後發現四周居然甚麼都沒有！

「完了，該不是被人先一步把東西拿走了吧？」陸道愕然道。

「……本尊像是如此疏忽大意的人嗎？」白邪的聲音聽起來不太高興，大概是被陸道剛才那一句給冒犯到了。

「可是……」陸道環顧四周確認石室中空無一物，無奈道：「這裡真的甚麼也沒有啊！」

「哼！看到那石壁沒有？你把手放上去然後凝聚靈氣試試。」

陸道只好乖乖照辦，手輕按在石壁上時就只有冰冷堅硬的感覺，而當陸道凝聚靈氣後手掌竟能穿牆而過！

「原來這石壁後才是真正的密室！」陸道驚訝地步入石壁之中。

「本尊雖然無法破碎虛空，但開辟一個小空間來放放東西還是綽綽有餘的。」白邪自滿道。

陸道進入密室的瞬間，室內安置的數盞魚油燈同一時間燃起，搖曳著淡黃色的火光。

密室中作優雅的書房佈置，數十個書架上放滿了古籍，角落處則有著一張書桌和一個大木箱。

「是這裡了。」白邪突然又把陸道頂了下去，強行附身快步走入密室中吹了個口哨。

刺耳的聲音在狹小的石室中不斷迴響，白邪在原地一臉期待地等了良久才失望道：「看來牠不在了。」

「欸？你是說你養的狗嗎？」陸道在體內問。

「哼，大概是跑了出去附近而已，等辦完正事後再去找也不

遲。」白邪說罷又把身體還給了陸道。

陸道無奈地搔著頭，心裡想：「白邪被封印了整整十年，那狗留在這裡還能活嗎？」

他掃視了四周一下沒有發現任何像是骸骨之類的東西，最後他聳聳肩聽從白邪的吩咐來到了一個木架子前，上方放置了一個比巴掌大的葫蘆。

陸道把葫蘆拎在手上晃了晃發現裡頭盛有東西，把蓋子打開後往手上一倒，數枚金黃色如同星星一樣的小顆粒滾了出來。

「這是蜂蜜之星，是用多種高階蜂蜜靈食煉製而成，蜂蜜中大量的營養有補充靈氣以及療傷的效果。」白邪講解道。

陸道用兩指拿起一顆蜂蜜之星在火光下照射，疑惑道：「別人不是煉丹煉藥的嗎？怎麼到你這就變成煉糖了？」

白邪不以為然道：「本尊討厭苦味。」

「好吧。」陸道把一顆金黃色的蜂蜜之星放入嘴裡，一種甘甜的感覺瞬間在舌頭上融化，接著一股暖流便在胸腔中醞釀。

「趕快！把暖流導向受傷的地方。」

陸道呼吸吐納，慢慢將暖流往手臂與肋骨方向引導，很快，傷患處的痛楚便被暖流中的靈氣所安撫以及治癒。

手臂上的瘀青如烏雲般散去，斷掉的肋骨也被接上，本來呼吸時左腹還會有微微刺痛，此刻陸道又能夠再次暢通無阻地呼吸了。

不愧是高品階的靈食，在把傷勢治好後仍然有相當多的靈氣剩餘下來，陸道閉上眼睛把靈氣導向丹田靈海處。

對一般沒有開竅的人而言，服下一顆蜂蜜之星大概需要三個月時間才能把所有靈氣吸收。

如此大量的靈氣在巨樹面前還是如同一滴水那樣渺小，轉瞬間就被吸收掉，掛在樹上即將成熟的果實仍然沒有任何反應。

「還不夠嗎？」白邪命令道：「小鬼，繼續吃！」

起初陸道還是一顆一顆的慢慢吃，後來大概是覺得沒有效率，直接仰起脖子把葫蘆內的蜂蜜之星往肚子裡灌去！

蜂蜜之星所轉化的靈氣被巨樹盡數所吸，陸道除了現在感覺渾身是勁外，果實依然沒動靜。

巨樹就如同一個無底洞般，會無窮無盡地不斷吸入靈氣。

不知不覺間，果實沒被催熟，蜂蜜之星就率先見底了。

「沒了嗎？」白邪失落地問。

陸道倒著葫蘆晃了幾下，裡頭已經是空空如也，連一點糖屑都沒剩下來。

正當兩人以為失敗之際，陸道突然感覺到靈海的位置出現了劇烈的波動，體內的巨樹變得金光閃閃，靈海上空伴隨著電閃雷鳴。

「這是稀有靈食成熟時才會有的異象！」白邪興奮道：「就連我也不知道會長出甚麼果實來！吃了會領悟到甚麼靈技！」

他本想讓陸道繼續保持引導靈氣，可不用他多費唇舌，陸道早已盤坐在地上默默將靈氣導向果實。

靈海中風暴交加，陸道閉上眼睛，精神極度集中，豆大的汗珠不斷從額上滑下。

最終靈海上空突然劈出一道金雷，擊中了果實，陸道頓時臉色一沉，手摀著小腹。

緊閉的雙眼，也在此刻突然睜開，未幾，一顆發著神聖金光的果實安然躺在他的掌心之中。

果實……成熟了！

第十九章 金色果實

果實呈橢圓形，果皮上有著數道淡白色的花紋，上方更有金光流轉，給人一種神聖而又強大的壓迫感。

陸道看到後不自覺地嚥了口水，而白邪則目瞪口呆的愣住了，久久不能言語。

「沒有……沒有……」白邪口中不斷喃喃細語引起了陸道的關注。

「怎麼了？」

「這顆果實沒有記載在任何的圖鑑之上！」白邪垂首笑道：「也就是說這是不為世人所知的超稀有靈食！」

「也就是說這吃下去會發生甚麼事你也不清楚咯？」陸道半瞇著眼睛把金色果實拿起來仔細端詳後又道：「說起來這種鮮艷的顏色實在是很可疑。」

「鮮艷＝有毒＝別吃」，這是陸空自小就不斷再三灌輸給陸道的野外求生技巧。

白邪立馬白了陸道一眼說：「……你這是甚麼意思？難道老祖千辛萬苦留下了這果實就為了把繼承人毒死嗎？」

「難說，畢竟這種顏色跟我以前吃過的一種果實很像。」陸道不斷再三檢查金色果實，似乎有著很重的戒心。

「喂，小鬼……」白邪聽完陸道所說的特徵後睜大了眼睛道：「那果實的花紋該不是漩渦形的吧？」

白邪說中後，陸道像是找到知音般興奮地說：「對對！就是漩渦形的花紋！你也知道嗎？」

「你剛才說的是『混亂果』，吃了會精神錯亂，情況嚴重甚至還會使服食者精神分裂！」白邪不以為然道：「你該不會是真的吃了吧？」

「放心好了！」陸道比了個拇指，爽朗笑道：「經過爺爺的土法解毒治療後，我跟我現在都過得很好！」

白邪：「我跟我？？？」

陸道望著掌中的金色果實看了一陣子後道：「把它吃了以後我就會覺醒靈技了？」

「你說到我擔心之處上了。」白邪憂心道：「服食後最終還是得看服用者的悟性，但既然是傳承之種選擇你的，我想應該是不會有問題。」

隨即他又目露凶光道：「但要真是出問題了本尊就宰了你……」

陸道苦笑了一下，拿起金色果實往嘴裡送去，他用力咬下了金色果實，一陣清涼的感覺便轉瞬間在全身流轉。

幽幽琴聲驀然於耳邊響起，陸道睜開眼睛發現自己再度置身於那虛空之中，只不過這一次他浸泡在金色之河裡，隨水漂流，全身無法動彈。

正當他納悶自己是怎麼回到這裡時，那名看不清臉孔的撫琴之人突然出現在河邊跟陸道說：「你終於來了。」

陸道正想跟對方問個究竟時卻發現自己像是被鬼壓床似的，張嘴不能言，只能乾著急。

男人笑道：「鬼道之力將助你破死局，轉生機，知天命，渡輪迴，望君能好好珍惜。」

他走到陸道身邊用纖長的食指在其額上輕輕一點道：「去吧，陸道！」

「他認識我？」陸道對此感到十分吃驚，可沒等他看清楚對方真面目，大腦就在劇烈疼痛起來，剎那間四周天旋地轉，虛空

破碎變得白茫茫一片。

一股陸道完全駕御不了的強大能量，粗暴如野獸般在腦海中亂竄，造成的痛楚也是愈來愈強烈，照這樣下去，他的大腦就會因為承受不住這股能量而整個炸掉！

堵不如疏！既然壓制不了就試著把能量往身體別處疏導，陸道也不知道此舉能否成功，但事到如今也只選擇放手一搏。

他閉上眼睛，咬緊牙關嘗試把在腦海中亂竄的力量引導離開，跟操控靈氣那種絲滑般的觸感不同，狂暴的力量在引導時就像是騎了在發狂的公牛背上，完全不聽人指揮。

幸好陸道七竅全開，借著比常人精密的靈氣引導能力竟硬生生把這頭發狂的公牛從腦海中拽了出來，腦海的暴動滑停下來後，陸道總算是舒服多了。

在他盡全力的引導下劇痛從頭部擴散至丹田，靈海上空雷聲大作，風雨交加，狂暴的能量化作一道金雷直劈在靈海的岩石上，「*轟隆*」的一聲巨響後，陸道舒了一口氣，迷迷糊糊地因力竭而昏睡過去。

「喂！」

迷糊中有把熟悉的聲音在耳邊不斷呼喚陸道。

「小鬼！醒醒！」白邪顫抖道。

陸道緩緩張開眼睛，原來他一直都在密室中沒有離開過，白邪正一臉緊張地看著他。

原來他在咬下金色果實後就撲通一聲倒地不起，白邪耗了很大的功夫才把他叫醒。

「剛剛到底發生甚麼事？」陸道迷迷糊糊地問：「我好像被一個長髮男人在額頭上輕輕點了一下……」

「不！」白邪打斷他道：「你快看看你的靈海！」

陸道見白邪神色凝重，不敢耽誤的他立馬閉上眼睛，派出神識前往靈海，白邪已在等候，只見他不安地抬頭望向天空，陸道的視線也跟著過去。

只見雷電交加的夜空中出現了一座巨大的七星魂燈，上方共有七枚燈芯並根據北斗七星的位置來分佈。

七枚燈芯中現在就只有位於「搖光」星宿的一枚被燃點起來，上方躍動著燃燒的火焰。

陸道望著空中的魂燈詫異道：「這是怎麼一回事？」

「問你自己啊！這不是你覺醒的靈技嗎？」

「甚麼？」陸道以為自己聽錯了：「我甚麼時候覺醒的？怎麼連我自己都不知道？」

「不會有錯的小鬼。」白邪觀察天上交錯的閃電，閃電發生的頻率變得極度頻密：「證據就是……」

空中白光激閃！雷電轟炸！刺眼的電光叫人睜不開眼來，過了一陣子後光芒漸漸消褪，一顆耀目的星辰帶著電光白煙出現在靈海上空。

白邪眼神確定道：「你已經晉級成一星的修行者了！」

只要開竅者在進食靈食後覺醒靈技，靈海上空就會形成一顆星辰，作修為的證明。

靈氣的修行有別於其他流派，等級與強度之間並非直接打上等號，靈氣的等級更著重於是修行者的悟性以及對靈氣的把控能力體現，等級愈高代表修行者對靈氣的使用愈為純熟。

故此星辰數目無疑是一種資格的証明。

既然陸道已經獲得資格証明了，那代表他一定已透過金色果實覺醒了靈技。

白邪想到這後就一蹬從陸道身邊離開，懸停在半空以居高臨下的姿態俯視陸道：「來吧，就連本尊領教一下你所覺醒的靈技吧！」

白邪眼神中燃燒著炙熱的火光，只見他豎起劍指作法在身邊架起了光罩來保護自己。

而且……還不止一張！是多重防護光罩！

底下的陸道望著頂上嚴陣以待的白邪，神色也漸漸變得凝重起來，只見豆大的汗珠從他臉上滑下，他於心中暗道：「糟糕……開不了口啊……」

「『雖然我晉級了但我還是不清楚自己覺醒了甚麼靈技』這種話說出來肯定會被他罵得狗血淋頭。」

事到如今，陸道也只能硬著頭皮上了，他朝空中的白邪舉起右手，閉上眼睛默念道：「不管怎麼樣，先把手舉起來裝個樣子吧……」

殊不知白邪一見陸道有動靜，想到這可是鬼道老祖真正的傳

承後又立馬在身邊多添了數張保護罩，更提前準備了治療用的靈食。

陸道見白邪如此大費周張後，心裡哭喪道：「完了……這傢伙事後一定會宰了我的……」

第二十章 危機逼近

白邪懸停於靈海上空架起光罩作出全方位防禦，全神貫注的靜候著陸道全力的一擊。

想當初鬼道老祖以一人之力封印了七名荒神，舉世無雙的力量人所皆知，如今蘊藏在陸道體內的就是屬於鬼道老祖的力量傳承。

「老祖的力量……」白邪臉色頓時一沉，又道：「就讓本尊親眼見識見識！來吧！小鬼！」

只見底下的陸道緩緩朝他舉起一手，白邪一個激靈，心中叫道：「來了！」

他把全身的肌肉都繃緊起來準備迎接衝擊，就在此時，白邪眼角的餘光瞥了陸道一眼，這傢伙居然衝著他在笑！

「甚麼……」白邪訝異道：「這傢伙難道是覺醒了甚麼不得了的靈技嗎？」

行事慎密的他閉上眼睛，體內立馬靈氣流轉，包圍在周遭的光罩又陡然多了幾面。

底下的陸道見狀更是縱聲大笑，彷彿準備要看著白邪出醜似的。

實際上……

陸道雖然看上去一臉淡定，但內心早已是一片天崩地裂。

「啊哈哈哈哈──」陸道一手扶著額，崩潰地仰天大笑著：「堂堂一代邪尊，面對一個小修士居然這樣！」

白邪在半空也清楚地聽到他的笑聲，他果不其然以為陸道嫌自己不夠看，於是皺起眉毛放聲叫道：「臭小鬼，別以為覺醒了靈技就了不起！放馬過來吧！」

說罷，身邊的光罩又突然多了幾張。

「哈哈哈哈哈──我完蛋了──」陸道見白邪身邊的光罩不減反增，像個傻子仰天長笑一樣。

「居然如此藐視本尊嗎……」白邪眼中凶波流轉，手輕輕一揮，四周數之不盡的光罩便頓時化作點點綠芒回到體內。

陸道見白邪撤去了滿天的光罩後終於長舒一口氣，可沒想到一面由靈氣構成的綠色光罩突然出現把他給嚇傻了眼。

會錯意的白邪不甘受辱，伸出手將全身的靈氣匯聚於身前，光罩上綠芒靈動，予人一種強大可靠的感覺，即使是天劫之雷，白邪也有自信擋下。

若是在生前，展開這樣程度的光罩對白邪而言根本不費吹灰之力，只可惜現在他的肉身不在，施展光罩時必須透支靈魂中的本命靈氣，懸停在空中的白色身影也因此變淡了許多。

白邪咬牙咆哮道：「傾盡全力來吧！小鬼！」

陸道望著白邪誇張的派場後崩潰道：「不就是試招嗎？你有必要弄得這麼誇張嗎？有必要嗎？？？」

片刻過後。

「甚麼？！」白邪驚訝得下巴整個掉下來：「你不知道自己覺醒的靈技是甚麼？」

儘管陸道基於禮貌想盡力保持微笑，可這時候的他不管怎麼笑，樣子都十分尷尬。

本來看上去還很年輕的白邪在得知消息瞬間就老了幾十歲，他下巴顫抖著說：「你讓本尊白白浪費了許多靈氣！」

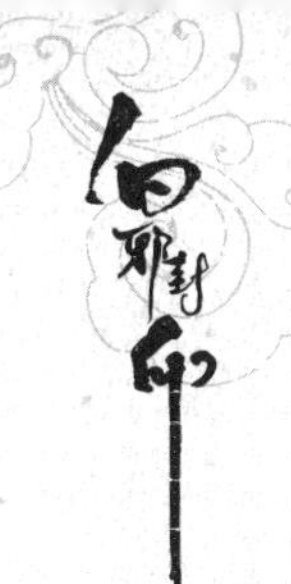

「你一直會錯意我能怎麼樣？我也很絕望啊！」陸道抱怨道。

起初他以為白邪會跟自己爭論到底，殊不知這一次他倒是沒甚麼，嘆了一口氣後說：「算了。」

陸道以為自己聽錯了，瞪大眼睛問：「欸？算了？」

「啊，是的，你沒聽錯。」白邪故意強調：「算──了，聽清楚了吧？」

陸道在原地呆若木雞，過了好一陣子他才一晃回過神來：「為甚麼？這不像你啊！」

「哼……」白邪故意別過臉道：「本尊一意孤行認為你所覺醒的是攻擊系靈技是本尊的錯，沒有好好收集情報再行動也是本尊的疏忽。」

「所以這樣的懲罰我應當接受。」白邪瞥了陸道一眼又道：「本尊可是個很開明的人。」

死裡逃生的陸道不管白邪說甚麼也只會一個勁兒地點頭。

密室中，陸道躺在冰冷的地板上凝望著岩頂天花並伸出手道：「白邪，那我到底覺醒了甚麼靈技了？」

「那就要看你進食果實時第一個感覺是甚麼了。」

「冰冰涼涼……像水一樣的感覺。」陸道閉上眼睛努力回想當時的感覺。

「水系靈技嗎？」白邪咕噥道：「我還希望會是稀有的靈技。」

陸道聽從白邪的指示，盤腿打坐起來，他嘗試把體內的靈氣想像成是水然後引導出體外。陸道對靈氣雖然有著良好的操控感，但不管他如何嘗試也好，靈氣也沒有作出分毫改變，遑論引導出體？

「不行……」陸道放棄打坐道：「看來不是這個。」

「魂燈上有火焰，要不試試火焰？」

接著兩人把潛在的方向都挨個試了一通，但全都鎩羽而歸，沒有找到絲毫的頭緒。

大多數人在覺醒的瞬間大腦便被告之自己覺醒了甚麼，像陸道這樣的特殊例子還真是頭一回見著。

陸道沮喪道：「我該不會一輩子都不知道自己覺醒了甚麼吧？」

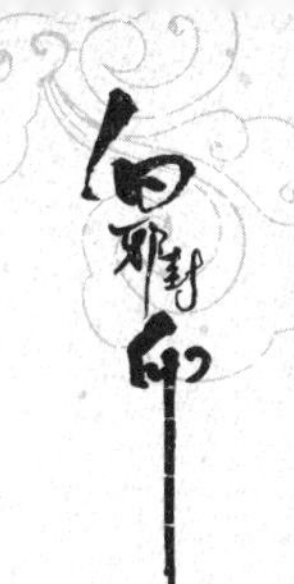

「不會的。」白邪隨口便答：「靈技的覺醒跟學游泳一樣，一旦學會就一輩子不會忘記，頂多只會生疏罷了。」

陸道見白邪都這麼說了便放下心來，白邪並沒有因為陸道連自己都不清楚覺醒了甚麼靈技而動怒。

相反，往往是這種情況最終覺醒的靈技才更叫人期待。

白邪能夠感受到陸道體內的靈氣要比剛才稍微多了一些，尋著尋著，他眉頭突然挑起疑惑道：「咦？傳承之樹還在你的靈海裡頭嗎？」

「是啊！奇怪……」陸道也不解道：「現在它好像不怎麼吸收靈氣了。」

「休養期嗎？」白邪道:「不知道這樹以後還會不會再結果。」

兩人一時間也得不到答案，此時渾身濕透的陸道受不住，鼻子發癢打起噴嚏來，白邪見狀便著令他去木箱子裡找他以前所留下的衣服。

他為了尋找禁書庫的位置曾經在烏蛟鎮附近一帶居住過一陣子，而這間密室就是他當時所居住的地方之一，所以這裡留有著他以前的生活痕跡。

陸道從木箱子中翻找著白邪生前所穿的衣服，只見他皺著眉左提一件，右丟一件，此舉引起了白邪相當的不滿：「喂喂喂，你在幹甚麼啊？」

說罷陸道又從箱子中丟掉了兩件藍白色的道服，翻來翻去都只有白色衣服的他不耐煩道：「怎麼都是白色的？白色容易顯髒，不好打理。」

「你別讓敵人的血濺到身上不就不會髒了嗎？」白邪不悅道。

陸道沒有理會他，最終在箱子底下找到了一件黑紅相間的修行服，他穿到身上一試，嘿？大小正合適。

「靈技的事就慢慢研究吧，現在該出去一趟把我那條蠢狗找回來了。」白邪著令陸道將放置在架內的秘糖各取了一些，以備不時之需。

在收集密室中有用的物資時，陸道把目光放了在書架內的古籍上，他拎起了其中一本吹走了上方的灰塵問：「白邪，這些書你要帶一些走嗎？」

「不必了。」白邪用食指抵著太陽穴道：「它們已經在這裡面了。」

就在陸道白了對方一眼時，一隻小蝙蝠悄悄地飛入了密室之中，倒掛於岩頂天花之上監視著陸道的一舉一動。

另一邊廂，祝龍凶險一笑：「哦？找到那小鬼的行蹤了。」

在把一切可能用得上的東西都塞到一個布包裡後，陸道就回到了密室的入口，激流形成的水簾在眼前不斷沖刷而下，瀝瀝水聲響個不停。

正當他準備背著包包潛入水中之際，白邪突然叫停了他：「你想幹嘛？」

「游出去啊！」陸道維持著準備跳水的姿勢道：「不然呢？」

白邪搖頭嘆氣道：「以前你剛開竅不懂事，本尊不責怪你。現在你好歹也是個正兒八經的修行者了，出入這種地方還得弄成個落湯雞，不覺得丟人嗎？」

陸道覺得無稽又好笑：「這裡又沒其他人，窮講究這些有的沒的幹嘛？」

說罷他後腦勺便被硬物冷不防地射中，惹得他立馬摀著頭痛叫連連：「哎喲！你拿甚麼丟我啊！」

懸浮於空中的白邪拋玩著手中的小石子，俯視著陸道：「不，做人就得有所講究！給我滴水不沾的從這裡離開！」

陸道傻了眼立馬往瀑布一看，只有左右兩側有兩指寬的空縫，而且踏前一步就已經是河水，想要不濕身離開簡直天方夜譚！

對此，白邪直接給予否定，搖首道：「只要方法得宜便可，還記得你的第一戰嗎？」

白邪明白陸道是有天賦之人，只是需要有人一步一步將他的潛能從體內引發出來而已，故此他耐著性子慢慢引導著陸道。

他比任何人都清楚，打好基礎比甚麼東西都重要，即使是再厲害的靈技，沒有結實的根基還是無法發揮出全部力量。

「餓鬼菩薩嗎？」陸道頷首道：「想忘掉也難。」

那恐怖的壓迫感，長長的脖子，尖牙利爪的模樣偶而還會在陸道夢中作亂，尤其是那帶有腐蝕性的瘴氣吐息實在難以忘懷。

白邪慢慢降到陸道面前道：「那你是怎麼從瘴氣裡頭活下來的？」

「不就是把靈氣覆蓋在體表，將瘴氣隔絕在外……」說著說著，陸道便明白了白邪的意思。

「哦！原來是這樣！」他隨即閉上眼睛，未幾，全身都被一陣薄薄的綠光所籠罩起來。

「呼……」他深深吸了一口氣，讓新鮮的氧氣充斥著整個肺內。

接著陸道便一腳踏入河水之中，可他才剛徹底沒入水中沒走兩步，隨即又慌張地爬回岸上大口換氣。意外地，他渾身仍然是乾的沒被打濕。

「嗚哇受不了了！累死我！」陸道抱怨道。

白邪瞇著眼睛不悅地望著陸道說：「小鬼，男人這麼快就憋不住可已經不是講究不講究的問題了。」

想要把靈氣維持在體表其實是一件相當費力的事情，對修行者靈氣的控制以及持久度有著很高的要求。

一般而言這種「水行」修練是二星修士的課題，對陸道來講實在是言之尚早，打個比方就是讓三歲小孩拿筆作詩一樣不可能。

白邪故意讓陸道越級修煉就是想看看在不知情的狀況下，陸道所能做到的極限。

對於這樣的結果白邪並沒有感到太過意外，相反地陸道沒有打濕身體倒是有一點點驚喜。

白邪毫不留情用手中的小石子彈射陸道。

「哎喲！」可憐的他後腦勺同一個位置被小石子打中了兩次。

「繼續。」

「可是……」沒等陸道說完，這回改成是腦門遭到小石子重擊了。

「繼續。」白邪不為所動，木著臉把玩小石子道。

陸道無可奈何只能一個深呼吸又猛扎入水中，這一回時間延長了不少，但他上來時趕著換氣，精神一時不集中讓水打濕了褲腳。

眼尖的白邪一下發現了，陸道立馬被勒令完成一百個俯撐，完成後，手臂發軟的他又在白邪的逼使下跳入水中。

氣都沒回完又跳下水，結果可想言之，這一次陸道全身都被打濕了，又被白邪罰了一百個俯撐然後用靈氣弄乾衣服丟回水裡。

旁人乍看之下，大概會把這副慘不忍睹的畫面誤當成是在嚴刑逼供。

終於，在第四次陸道突破了極限。

白邪見陸道這一次在水下待得比以往任何一次都要久，正想著要不要誇獎一下他時，陸道如同翻肚的魚般從水底下緩緩浮了上來。

「糟糕！」白邪急忙把陸道撈上來。

迷糊中，陸道彷彿又看到了撫琴之人，只是這一次轉瞬即逝。

等他醒過來時，人已經在瀑布外，身上的衣服亦已被烘乾。

雖然陸道還是沒能完成，但白邪最初目的也是為了看看他的潛能，陸道能做到這程度已經超出他的預期。

「幹得不錯。」白邪稱讚完陸道後把裝有回復靈食的葫蘆拋給了陸道。

由於最見效的蜂蜜之星已經用完，手頭所剩下的也頂多能回復些許靈氣而已，而且完全不解餓！飢腸轆轆的陸道開始不聽白邪指揮，如遊魂一般步向樹林。

「喂！小鬼你想去哪？」白邪回到陸道體內試圖阻止但無果：「糟了，靈氣白白消耗太多，在身體控制上完全爭不過這小鬼！」

祝龍與張風兩人剛好抵達，祝龍望著走路搖搖晃晃的陸道問：

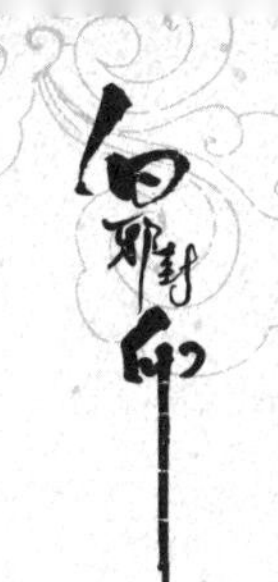

「哦？身上有寶貝的小鬼就是他？」

張風雖然點頭但也語帶疑惑道：「奇怪，這小鬼哪裡來的衣服，還有怎麼又多出了一件行李來？」

「這小鬼身上肯定有許多秘密。」祝龍壞笑道：「真期待拿下他的瞬間。」

「現在要動手嗎？」張風依然惦記著陸道的封魔尺，恨不得立馬抄傢伙上去幹一架把封魔尺給奪過來。

祝龍於心中暗道：「這傢伙八成巴望我跟那小鬼鬥個兩敗俱傷，他就在旁坐收漁人之利。」

不見兔子不撒鷹的祝龍眼珠子賊溜溜的瞥了張風一眼，不慌不忙道：「急甚麼，我連那玩意都沒見著，觀察一下等我確定了再出手不行嗎？」

「那當然是聽祝龍大哥的了。」張風皮笑肉不笑恭敬道。

祝龍滿意地繼續撥開面前的長草暗中監視陸道的一舉一動。

刀鋒山背面，高家食府一行人馬正在山下駐紮，近日一則消息在烏蛟鎮鬧得沸沸揚揚。

根據一些獵戶的情報，刀峰山上似乎有了靈獸出沒的行跡，不少獵戶上去打獵時遭到不明物襲擊，速度之快叫人無法以肉眼捕捉對方的身影。

人都是這樣，一旦遇到理解之外的事情就容易在事後回憶時誇張化、恐怖化，一名死裡逃生的獵人連對方的真面目都沒見著就帶著傷口——一道劃痕，回去逢人就講那靈獸長得多可怕，黝黑巨大的身體，尖牙利爪這種形象自然是少不了。

很快的刀峰山上出靈獸這事就傳到烏蛟鎮上最大的高家食府耳中，高家食府因曾經出過一名貴族靈廚而名鎮整個烏蛟鎮。

一名出色的靈廚，在社會絕對是受萬人敬仰的，因為，難以入口卻有著較高覺醒機會的食材，只要在他們妙手的處理下都能化作一道道美食。

普通食材如果經由一流的靈廚之手料理，能最大程度保留食物中的靈氣，以及將其加以引導讓服用者更容易吸收。透過去除靈食中不可食用或者有害的部分，除了可以帶來味覺上的享受外更可以提高習得靈技的機率。

既然靈廚有著錦上添花以及化枯朽為神奇的本領，在江湖上自然是被各方強者門派拉攏，以成為自己修行之道上的助力。

而高家食府出了一名貴族靈廚，自然是會有不少開竅者為了覺醒靈技慕名而來，當然也有饕餮為了享受美食專程遠道而來。

這讓高家食府也曾經輝煌過一段時間，但後來客人就漸漸流失，曾經熱鬧不已的高家食府，如今門可羅雀。曾經會有人為了多吃一塊肉而大打出手，如今免費請都沒人到來。

冷清的店內，小二無神地拭擦著木桌，掌櫃也在一手頂在下巴上，另一手則無聊地撥弄著算盤。

高家食府的衰敗有二，一是貴族靈廚被挖走了，二是高家大少高浩正值十六，雖已開竅但還沒覺醒靈技。

這無疑是帶頭把自己的招牌給砸了，大家看你高家的人連吃自家的飯菜都無法覺醒，更何況他們這些客人？而且靈廚走後新找來的靈廚只是平民級別的，口味上也大不如前，那大伙兒也因此沒了去高家食府的理由。

眼見高家食府日漸衰弱，為了重振往日輝煌，高浩在聽說刀峰山出靈獸以後立馬抄傢伙帶人上山，準備捕獲靈獸以供自己覺醒之用。

高浩坐在營前研磨著佩劍，眼前不斷浮現自家被人嘲笑時畫面，特別是自己被同年齡的修行者指著來笑的畫面！

他舉起了被研磨得飛快的佩劍，在日光下如蟬翼般薄的刀刃透著隱隱寒意。

「只要我覺醒靈技了就再也沒人會瞧不起我們高家！」高浩咬牙道。

*「鏗」*的一聲佩劍被收回劍鞘內，他轉身望向身後等候已久的高家子弟，每個人都精神抖擻，恨不得把整座刀峰山給翻個底朝天來挽回丟失已久的面子。

高浩很是滿意，中氣十足地朝所有人大喊一聲：「出發！」

「慢著！」一把嬌柔的聲音突然打住了他，頓時惹來了高浩不悅的神情。

第二十二章

「慢著……小浩，你等等我。」

高家子弟被挨個推開，一名年約十六七歲的少女從人堆中擠了出來，她身穿藍白搭配的廚師服與圍裙，水靈的雙眸在人群中掃視，最終視線落到高浩身上。

「小浩！」少女貝齒微露、梨渦隱現，拿著提籃高興地來到高浩身邊：「你忘記拿午飯了。」

在場高家子弟大多是孔武有力的年青小伙子，長得均是濃眉大眼，一副精神飽滿的樣子，外露在棗紅色衣服下的是經長年日曬而練成的古銅色皮膚。

看到少爺那漂亮可愛的未過門妻子又來送飯了，小伙子們心裡都癢癢的，只恨自己怎麼沒投對胎，可當他們看到這一對金童玉女走在一起時，紛紛都打消了對少女的想法。

畢竟高浩也長得不賴，挺拔的鼻子，英氣的五官，在烏蛟鎮裡也是眾多少女的暗戀對象。

看到長相可愛動人的少女特意來送飯，高浩不為所動，更因在意旁人的目光而對少女惡言相向：「你來幹甚麼？」

「來給你送午飯啊！」少女高興地舉起了手中的籃子，裡頭

傳出了陣陣香噴噴的味道。

少女名叫古小雨，是古道食譜的傳人，祖上出過帝王級靈廚而顯赫一時，後來家道中落，沒人能重現先祖輝煌，在敗光家產後就如今淪落至普通的廚子。

高浩環視周圍眾人一眼發現他們正對著自己與古小雨指指點點，但高浩卻臉色一沉，認為別人是在說自己閒話，打從他一直沒能覺醒靈技、高家出現衰敗之兆後高浩就變得特別在意別人的目光。

眾人也只是在羨慕這對天作之作而已，可高浩卻肯定是古小雨害他丟臉了。

對於古小雨的好意，他顯得絲毫不在乎，上前一手就把提籃從她手上拍掉，冷冷地道：「說過多少遍！你一日未過門就僅僅是我家的廚子而已！我的事情不用你管，也輪不到你管！」

古小雨表情一僵，笑容就此凝住但為了讓情況顯得好像沒甚麼嚴重，她選擇了強顏歡笑，跪在地上強忍著淚水不讓流出來。

高浩毫不在意，轉過身就領著高家子弟上山搜捕靈獸，期間，高浩同族兄弟高軟與高硬急不及待地來到他身邊打探，高軟假裝不經意地問：「怎麼了？跟小雨吵架啦？」

「我看到她就討厭，憑甚麼就因為她爹跟我爹相識，我就非得娶她不可？」高浩邊走邊不悅道。

高硬抓著光禿的頭皮疑惑道：「不對啊？她爹不是欠了我們高家很多錢，所以把她抵過來了？」

高浩立馬嫌惡道：「那更討人厭了，明明只是個下人還整天仗著個破身份對我管東管西，問長問短的，煩死人了。」

位於他身後的兄弟兩人聽罷不安好心地相視而笑。

高軟與高硬打從十四歲就已經是烏蚊鎮有名的色鬼，全鎮上下的窯子、青樓的老鴇沒有一個是不認識眼前這兩位在女人身上花錢如流水的財神爺。

別看兩人奇貌不揚，猶如歪瓜裂棗，鎮上壯陽靈食供應幾乎都被這兩位主給壟斷下來，自給自足之餘還幫補了不少嫖資。

這對兄弟自五年前第一眼看到古小雨後就念念不忘，當年的她還只是個十一歲的小女娃，但五官精緻，那對水靈的雙眸以及潔白如雪的肌膚叫人一見難忘。

高家的家主高天遠就是相中了古小雨這一點，篤定她長大後一定是個美人才答應讓古小雨她爹用她來抵債。

顯然高浩對這一門沒有徵求他意見的婚事很不滿，從得知消息以後就沒給過古小雨好臉色看。

高軟高硬兩人礙於同姓兄弟的情面上一直沒敢明目張膽地對古小雨動手，隨著高浩愈發討厭古小雨，兩人陡然覺得有了曙光。

高軟試探性地問：「怎麼說你很不喜歡小雨咯？」

高浩皺眉問：「哼！憑甚麼我就得非喜歡她不可？爹要是再逼我娶那下人，我就離家出走！」

高硬假惺惺地責問他：「小雨怎麼說將來也是你的妻子，你這樣說就不怕她聽到以後尋短見？」

「死了倒好。」高浩隨口丟下一句後就走到隊列最前作開路先鋒，要是刀峰山上真的有靈獸，那麼高浩就必須是第一個打下牠。

而兩兄弟在確認高浩不在乎古小雨的生死後，笑著愈走愈慢，心裡也有了把古小雨據為己有的打算。

精緻小巧的五官，肌膚嬌嫩細膩如無暇白玉，纖腰苗條如柳，修長筆直的美腿更是叫兩人魂牽夢掛。

「既然如此，就由我們兩兄弟代為接手吧。」高軟臉上掛著淫邪的笑容道：「入黑就動手，我先來！你負責幫我開脫吧。」

高硬馬上抱怨道：「怎麼每次都是你先啊？偶而也該讓讓弟弟啊！」

一行人馬朝著目擊靈獸出沒的地點繼續前進，而高軟則趁休息時悄悄地離開。

古小雨直到四周無人後，眼淚才終於忍不住從眼角落下，她不明白為甚麼父親會如此狠心拋棄她，更不明白為甚麼高浩會如此討厭自己。

這一頓午飯是古小雨大清晨摸黑起來準備的，為的就是給高浩狩獵時不至於餓著，她蹲在提籃前打開一看，飯菜果然都被打翻了，心裡頓時一揪，不是因為心血被糟塌而心疼，而是對高浩不尊重食物而感到失望。

在她俯腰收拾著提籃時，身後的長草叢裡陡然傳來窸窸窣窣之聲，古小雨頓時一驚。

如今四下無人，狩獵隊已上山，而駐紮的營地與這裡也有一

段的距離。

「是……是誰！」古小雨對著長草叢顫聲道。

對方沒有回應，過了一陣子，草叢裡的長草又突然抖動了幾下，古小雨拿起了提籃護在身前再次大聲道：「我……我不怕你的！」

說罷，一名黑服少年從草叢裡撲通一聲倒地。

古小雨一見是需要救助的人急忙上前慰問：「你……你沒事吧？」

少年嘴裡用小得幾乎聽不見的聲音虛弱地在叫著，古小雨沒可奈何下只能把耳朵湊到對方嘴邊，想要聽清楚他的需求，然而少年的吐息吹到耳朵裡時卻叫她感到怪不好意思的，臉也跟著潮紅起來。

「肚子……好餓……」少年有氣無力道。

原來只是餓過頭而已，古小雨頓時長舒一口氣，但很快的她便煩惱起來，這裡離營地也有一段距離，她是沒辦法把眼前的少年扛回去了，可是又不放心留下對方一個人在原地等候救援。

少年的鼻子突然抽動了幾下，像是聞到甚麼香氣般，整個人頓時有了精神，本來死氣沉沉如同死魚眼般的眼睛也在此時再現生氣。

「好香……」少年順著香味在空中不斷地聞，最終他的視線也循著香味落到提籃之上。

少年如餓狗一般眼睛發著光撲向提籃，打開後顧不得儀態，直接用手抓起飯菜就粗魯地往嘴裡塞去，上一口都還沒吞下去，下一口少年已經猛塞進嘴巴裡。

突然間他像是被噎到了，不斷用手猛拍胸口，古小雨看到對方表情難受後才從那種粗獷的吃法中回過神來，她拿著隨身的水囊塞到少年的嘴邊：「慢慢吃，不用急，沒人跟你搶的。」

一邊餵水還一邊用手去順少年的後背，希望助他把卡在喉嚨裡的食物往下嚥。

一頓風捲殘雲後，少年用舌頭不斷重覆拭舔已經空了的碗，手指也挨根嘬了一遍，連丁點油花都不想放過。

古小雨看到少年這樣誇張的食相後，不期然笑了出來，那笑聲如同銀鈴般清脆悅耳，少年這才意識到自己的失態，紅著臉放下了手中的瓷碗，尷尬地問：「還有嗎？」

古小雨雖然不認識眼前之人，但是看見對方津津有味把她煮的飯菜全都吃下去，心中不自覺地對他產生了幾分好感，她笑笑點頭，柔聲道：「跟我來。」

第二十三章 抱一個

高家駐紮地。

古小雨探進帳篷內，在確認無人後便回頭朝少年招手：「過來吧。」

少年聽罷從樹上一躍而下，低著頭快步躲進了帳篷當中。

古小雨安置好少年後道：「你在這裡等我一下，別到處跑。」

語調溫柔得就像是照顧撿來的流浪狗般，而陸道也傻笑著乖巧地應道：「好──！」

古小雨嫣然一笑便走出帳篷，快步而走的同時又用雙手摀著發紅的臉小聲道：「古小雨啊，你怎麼帶了一個男人回來？被人看到恐怕又要有閒話惹小浩生氣了。」

她甩了甩頭強迫自己不要再去多想，朝著灶頭方向快步走去。

帳篷內，少年仍舊傻笑著，上一次被女生這樣溫柔對待的，而且還是這麼可愛的女孩子是在……

想到這後少年不禁悲從中來，因為他所住的白雲村沒有年輕的女孩子。

「你這傢伙……」白邪虛弱的聲音責罵著少年：「我們鬼道傳人的驕傲……鬼道傳人的驕傲啊……」

如今的他猶如風中殘燭，樣子也一下子老了許多，從俊美的青年一下成了枯瘦的老人。

「居然被一碗飯拐跑了……本尊……本尊！！！」白邪氣得火冒三丈，身影忽閃忽現，彷彿隨時都有可能當場去世。

這多虧了陸道害他白白浪費了許多靈氣，而且在試圖阻止餓瘋了的陸道時，白邪外憂內患加輕敵，兩人在爭搶身體控制權時他一時大意讓陸道佔了上風，結果被陸道按了地上胖揍了一頓。

現在的他連維持年青模樣都不成，只能以這副模樣示人。

陸道見白邪成了這模樣頓時一驚，忙問：「哇，你怎麼成老頭了？」

白邪見這小子在給自己裝蒜，頓時又更氣了，可當怒火抵達頂點之時，白邪像是想到甚麼似的，神色一沉低聲問道：「小鬼，你該不會……」

帳篷的簾子被突然掀開，臉色潮紅的古小雨喘著氣衝了進來，手上拿著一個大提籃。

「呼……呼……我剛才不小心進錯帳篷了……」古小雨滿頭大汗喘了好一陣氣後才拿著提籃來到陸道面前放下，兩人席地而坐，她問：「剛剛沒人來過吧？」

陸道把頭點得像雞啄米。

她笑著把菜飯從提籃中取出：「只剩下這些菜飯了，你會介意嗎？」

陸道把頭搖得像撥浪鼓似的，雙眼一直盯著菜飯不放還不停嚥口水。

古小雨也被陸道的樣子逗樂了，她不期然想起以前經常餵養的那隻流浪狗。

「沒出息的傢伙！！！」白邪虛弱地指著陸道罵道：「以前要給你安條尾巴……現在估計……估計都銜著人家在搖了！」

幸好白邪處於靈魂狀態，古小雨乃至一般人若沒有法門是沒辦法看到他的，故此陸道十分放心，一副「他叫隨他叫，我自我逍遙」的模樣。

陸道在古小雨手中接過筷子後再次捧起飯碗猛扒，入口的瞬

間，一股濃郁的高湯味道慢慢在味蕾上擴散開去。

陸道心底裡莫名有種想咆哮著爆衣的衝動，最終這股強烈的衝動被他以強大的精神力強行壓了下來。

古小雨雙手托著腮望著陸道複雜而又有趣的表情，一時間也入了神。

陸道端起飯碗像是餓鬼投胎般猛往嘴裡扒。

「好吃嗎？」

兩腮鼓鼓的陸道朝古小雨快速點了點頭後又繼續吃了起來，可他被盯著看久了難免會不好意思，陸道尷尬道：「我吃相太難看了嗎？」

「不會啊？」古小雨很自然地應道：「我最喜歡看別人吃飯了。」

「欸？那好看嗎？」

「嗯……」古小雨想了想後說：「還不錯，挺好的。」

陸道還想把話題當球拋給人家，沒想到古小雨一個扣殺就打了回來，自己反而沒能接著，臉一紅又繼續猛扒飯。

「這是我在研究的新菜品高湯菜飯，你覺得別人會喜歡嗎？」古小雨試探地問，似乎對自己的作品沒甚麼底。

「好吃！但這種濃郁的味道應該很容易就會吃膩才對。」陸道望著筷子上顆粒分明，泛著光澤，飽含高湯精華的飯粒疑惑道：「為甚麼你的就不會呢？」

古小雨笑道：「我在飯裡加了甘藍絲，清脆的口感會讓人沒這麼容易吃膩。」

陸道恍然大悟，同時腦海也在質疑至今為止吃過的東西到底算個啥？

「那個……」古小雨臉紅著　腆道：「我還不知道該怎麼稱呼你。」

說完她又急忙補上自我介紹：「我叫古小雨，古代的古，大小的小，下雨的雨。」

陸道一聽，心想原來外面的人是這樣自我介紹的，於是便自信滿滿說：「我叫陸道，陸地的陸，道理的理！」

「蠢貨！」白邪罵道。

陸道急忙又改口：「……是道理的道才對！」當著人家的面出醜，陸道恨不得挖個洞把自己給埋了。

古小雨卻又被陸道的傻氣給逗樂，笑容就沒停過，白邪一看她的神情，心裡暗叫道：「完了，這丫頭看上去是挺俊的，可沒想到眼光這麼差，居然看上陸道這傻小子！白瞎了這麼一雙大眼睛！」

正當白邪苦思著如何棒打鴛鴦時，陸道的肚子又再次咕咕作響，古小雨像是想起甚麼似的往帳篷外走去：「你再等我一下。」

白邪急不及待來到陸道面前拽著他的衣領，用狐疑的語氣質問他：「小鬼……你該不會是看上這丫頭了吧？」

「你你你你你你你你胡說！！！！」陸道臉紅耳赤立馬否認。

白邪心想：「這傢伙在想甚麼全都寫了在臉上。」

「真的嗎？」白邪繼續質問。

「當當當當然！」陸道眼神飄忽不定：「我還騙你不成！」

「這傢伙他媽的絕對在騙我。」白邪難以置信地抬頭瞇眼看著陸道在想：「而且是睜著眼那種！」

「你果然喜歡她！」

「沒有！你瞎說！」陸道激動道。

物資營內，古小雨走過一箱又一箱整齊排列的新鮮蔬果，最終她在放置西瓜的箱子前停了下來，掂起腳從箱子裡拿了一個差不多有十斤重的大西瓜出來。

正當她搬著大西瓜準備往帳篷裡走時，身後冷不防響起了一把女聲：「哎喲，這不是未來的少奶奶嗎？」

古小雨渾身頓時一顫，但她很快就回復冷靜像往常一樣微笑著轉身：「是你啊，許多嬌大廚。」

出現在少女面前的是如今高家食府的掌勺靈廚許多嬌，比高浩還大了五歲的許多嬌長得較為成熟，無論是身材與樣貌都要比古小雨來得婀娜，但偏偏高天遠卻相中了古小雨。

許多嬌覬覦高浩已久，只可惜不管她怎麼拋媚眼、故意用成熟的身體想勾引高浩，對方對她的一切依然不為所動。

於是許多嬌便把一切都怪罪在古小雨身上，她覺得只要古小雨不在的話高家媳婦之位必然落在她的手中。

「抱著這麼大一個西瓜……」許多嬌用奇異的目光望著古小雨問：「去哪啊？」

古小雨微笑道：「這邊的山泉水冰冷得很，我打算拿到溪裡泡一下，這樣小浩回來就有冰鎮西瓜可以吃了。」

許多嬌頓時就不高興了，覺得她是在刺激自己，於是便刁難道：「哼，我怎麼沒聽說過少爺想吃西瓜了？該不會是有人嘴饞想借故偷吃西瓜吧？」

古小雨假裝無奈，走到許多嬌面前把沉甸甸的西瓜遞給她：「既然如此那就還給你吧，他回來沒冰西瓜吃時我只好直說了，你也知道小浩生起氣來除了夫人沒人管得了他。」

許多嬌自然是清楚高浩的暴脾氣，可她作為隨行大廚來物資營是想找晚餐材料的，可沒空去管西瓜冰不冰，幾十個人都等著回來吃飯，要是沒安排好一旦高浩發火她許多嬌就肯定完蛋了。

許多嬌只能咬牙哼的一聲轉過頭當作沒看見，古小雨笑著抱起西瓜就往陸道所在的帳篷走去，當她用頭頂開簾子時看到陸道正對著空氣吵得臉紅耳赤。

「你……沒事吧？」古小雨側著頭問。

陸道裝得若無其事地應道：「沒事，我只是在伸懶腰而已。」

古小雨也沒有深究，高興地朝陸道展示懷中的西瓜說：「你看，我給你抱了這──麼大一個西瓜來！」

陸道也是頭一回看到如此大的西瓜，大小都快抵得上一個小臉盆了！夜叉山上雖然也有野生西瓜，但是野瓜沒人施肥打理，長出來的個頭味道並不怎麼樣。

他走到抱著西瓜的古小雨跟前興奮道：「我也要抱一個！」

「欸？你也要抱……」古小雨看著西瓜又看了看陸道似乎有點為難。

「放心吧，我會很小心的。」陸道笑道。

「好吧……」古小雨放下了西瓜然後騰出雙手環腰抱住陸道，紅著臉靠在他結實的胸口上：「是這樣嗎？」

陸道愣道：「欸？」

白邪驚呼道：「欸？？？？」

兩人維持著這姿勢不知道多久，過了良久古小雨見沒動靜於是抬頭一看，結果發現陸道早已翻著白眼失去意識。

「陸……陸道！你沒事吧？」古小雨擔心地搖晃著失神的陸道。

就在兩人一靈都大驚失色、不知所措之時，站在帳篷外的許多嬌卻把一切都看在眼皮底下。

原來許多嬌對古小雨還是多留了一份心，在她抱著西瓜離開後偷偷跟在身後，沒想到卻被她看到了比偷西瓜更猛的料。

「偷男人？你完蛋了……」許多嬌壞笑著悄然退去。

第二十四章 遭遇

「陸……陸道！你醒醒！你別嚇我啊！」古小雨急得眼泛淚光。

陸道陡然睜眼然後猛地後退兩步：「我……我要走了！謝謝你的招待！」

他說完以後焦急地衝出帳篷，古小雨也跟著出去問：「我們還會再見的吧？」

白邪斬釘截鐵道：「不會！」

只可惜身為靈魂狀態的他說甚麼古小雨都聽不見，陸道更是頂風作案，猶豫了片刻後當著白邪的臉笑著點頭，隨後便躍入樹林深處消失不見。

陸道馬不停蹄順著淙淙溪水之聲來到一條溪邊，他二話不說把頭猛泡入冷冰的溪水中，好讓過熱的大腦降溫。

「沒想到你還這麼會撩女孩。」白邪在其耳邊輕聲道。

陸道猛地把頭從水中抬起反駁道：「那那那是她誤會了！我只是想抱西瓜而已！」

「如果失敗了還能用抱西瓜把話圓回來，進可攻，退可守。」

白邪輕輕鼓掌，語帶嘉許道：「不錯，不錯。」

「只不過你現在沒空管甚麼兒女私情。」白邪冷冷道。

陸道別過臉撅著嘴不情願地說：「我知道了⋯⋯去幫你找狗嘛。」

陸道拭去臉上的水珠後，便往刀峰山上繼續前進。

古小雨在灶營外準備著高浩的晚餐，她拿著菜刀嫻熟地把甘藍切成大小相當的絲，切著切著腦袋裡突然浮現起陸道誇張的食相，突然間她便嘴角上揚笑了出來。

「要是小浩也會像陸道一樣喜歡我做的菜就好了。」古小雨婉惜地想著。

這也怪不得她，高浩一直很嫌棄吃她所做的料理，這麼久以來都未曾聽過他說過一聲好吃。

轉眼間，甘藍絲已經切好了，按照高浩平日的食量，這份量的甘藍已經足夠他吃了，可是古小雨猶豫了一下，手又多拿起了甘藍切多了兩份出來。

「不知道⋯⋯他晚上會不會來呢？」古小雨在給高湯炖飯看

著火時，兩手架在木桌上托著腮發呆道。

身後正在灶營內指揮著眾多廚子煮食的許多嬌暗中留意著古小雨，她發現了對方今天要用比往日多的材料來準備晚飯。

「怕不是要去跟那男的幽會吧？」許多嬌壞笑著於心中道：「這下倒好，省得我費功夫。」

只要帶高浩去抓現行的話，以他那高傲的性格一定容不下古小雨對他不忠，這樣的話高天遠大概也不會再強迫高浩娶古小雨，空出來的媳婦之位她自信能輕鬆拿下。

太陽西下，黑暗漸漸淹沒整座刀峰山，高浩一行人毫無斬獲，鎩羽而歸，大伙兒如此多人在大山裡轉悠了一整天，別說傳聞中的靈獸了，連靈獸的生活痕跡都沒能找到。

「我們該不會是被騙了吧？」其中一名高家子弟跟旁人小聲耳語，高浩結果還是聽見了並狠狠瞪了那名高家子弟一眼。

可是這也是不爭的事實，找不到靈獸還能理解，但是連靈獸在刀峰山上的生活痕跡都沒找到，那更可能說明裡頭根本沒有靈獸存在。

高浩一肚怒火無處發，媽的，難道他就一輩子覺醒不了靈技

嗎？

此時古小雨又拿著提籃來到了高浩面前：「小浩，晚飯已經替你準備好了。」

他一看到古小雨就來氣，把至今一切的怨氣一股腦發洩在她身上，只見高浩再次當眾打翻提籃，對著小雨又是一頓責罵：「要不是你煮的東西這麼難吃，我早就覺醒靈技了！」

高浩說完以後便逕自推開古小雨離去，留下委屈的她收拾殘局，眾多高家弟子很識趣，假裝沒看到似的紛紛繞道而走。

遠處的許多嬌在目睹古小雨遭罪後別提有多開心了，只要古小雨敢去會情人，那將會是壓死她的最後一根稻草。

古小雨在地上收拾提籃，不意間抬頭望見高浩離去的背影，心裡不禁一陣悲傷，一直以來她覺得只要自己真誠相待，最終一定會換來高浩的真意。

然而事與願違，高浩對待她的態度卻一日比一日要惡劣。

她望著提籃中被打翻的高湯炖飯婉惜地嘆了口氣，難道餘生相伴的就只有他了嗎？

有了對比後，古小雨不期然想起了陸道，一個會因為吃了她的料理而感到幸福的人。

古小雨很快就重新振作起來，她拿著提籃回到灶營外，帶著為陸道準備的晚飯偷偷地步入了樹林當中。

「陸道！你在嗎？陸道！」古小雨在樹林裡試圖呼喚陸道，然而卻得不到任何反應。

許多嬌一見古小雨有所行動，便急忙來到高浩的帳篷外，她整理了髮飾儀容，低聲問：「少爺？」

「進來。」

許多嬌聞訊後鑽入了帳篷之內，正在用膳的高浩見來者是許多嬌後，臉色也沒見好轉，反倒是許多嬌見高浩正在享用著她煮的晚飯後，就覺得自己已經贏了古小雨。

「看到沒有？高浩少爺喜歡吃我做的菜！」沾沾自喜的許多嬌於心中暗道。

「有甚麼事？」高浩不耐煩道。

「少爺……」許多嬌惺惺作態，欲言又止的樣子：「有句話

多嬌不知道當講不當講……」

高浩揚起了眉毛放下了手中的筷子。

樹林中，古小雨仍在呼喚著陸道：「陸道，你聽到嗎？」

她把兩隻手兜在嘴邊試圖讓聲音變得大一點，可不管怎麼呼喊也好，陸道還是沒有任何回應。

直到她喊得口乾舌燥才不得不消停下來，把腰間的水囊送到嘴裡解渴。

「陸道……你去哪了？」古小雨望著提籃中逐漸變涼的飯菜，憂心道：「我還想讓你嘗嘗熱的飯菜。」

通往樹林深處的路傳來了衣服與樹葉磨擦的聲音，古小雨頓時一喜，循聲而至，只見撥開一處長草後有人背對著她站在遠處一棵樹下。

古小雨目睹後頓感失望，因為陸道有著一頭束了起來的烏黑長髮，而樹下之人卻頂著一個大光頭，明顯就不是她希望見到的人。

棗紅色的衣服說明他也是高家的人，大光頭應該是高軟高硬兩兄弟其中之一。

古小雨一直很害怕這對兄弟，因為兩人常借故對她毛手毛腳，偶而看她時的眼神也不懷好意，可以的話她還真不願意在這種僻靜的地方跟他們相見。

古小雨本想直接轉身離開，但隨即又覺得對方哪裡怪怪的，他像是被罰站似的臉朝大樹動也不動，雖然這裡離營地不遠，但怪異的舉動還是令古小雨無法棄之不顧。

她內心數度掙扎，最終還是鼓起勇氣把提籃護在身前小心翼翼地靠近對方。

「你還好吧？」古小雨大聲地問。

對方仍然面朝大樹不為所動。

「他這是怎麼了？」為了一探究竟，古小雨繼續接近。

兩人之間的距離縮到十步之內，強烈的血腥味撲臉而來，怪風夾雜著枯葉驀然刮起，直叫人無法睜眼。

過了好一會兒，騷動才緩和下來，當古小雨睜眼時卻看到雙

目圓睜的高軟正死死盯著她，儼然一副死不瞑目的樣子。

古小雨也是一驚，立馬摀住了嘴巴才不至於發出尖叫，高軟已然遭到殺害，頭以後仰的姿勢耷拉在背後，脖子遭到利器所割，只剩下一點點後頸上的皮與頭顱相連。

渾身因害怕而顫抖的她一步一步向後退想回營地尋求幫助，沒想到身體卻突然無法動彈，黑暗中煉妖師張風解除了靈技夜幕，現出了真身。

「一動你就得死。」張風冷冷道。

他用骨刀架了在古小雨的脖子上，叫她不敢亂動。

「不錯。」祝龍從黑暗中信步而至，跟在身後的是高達兩米的白骨兵，它身披殘破甲冑，手持巨大斬刀，刀鋒上是高軟仍未乾透的鮮血。

祝龍獰笑道：「蝙蝠告訴我，你似乎認識我要找的人啊。」

第二十五章 落網

祝龍走到古小雨面前，如今她正被張風以骨刀所脅，連大氣都不敢喘一口，噙著淚水在眼眶中打轉。

祝龍走近才發現古小雨長得秀色可餐，不期然朝她吹了聲口哨，不知所措的古小雨出於本能想往後退卻被張風阻止。

「怎麼了？很怕我嗎？」祝龍突然湊到古小雨面前，壞笑著伸出舌頭舔去了她臉龐上的淚珠。

看著無助的古小雨害怕得瑟瑟發抖，祝龍顯得十分亢奮，哈哈大笑，眼神就有如蜘蛛望著落網的獵物。

張風有點看不下去了，忍不住開口道：「直接進主題吧，祝龍大哥。」

祝龍被他冷水這麼一撥，也只能沒好氣地質問：「那個黑衣服的小鬼在哪？」

「黑衣服……？」高家子弟的服飾是棗紅色的，而廚子們的服飾則是藍白相間，這陣子她所見過穿著黑衣服的人……就只有陸道了。

「這兩人想對陸道不利！」古小雨心裡一緊。

「我……我不知道你在說誰……」古小雨顫聲道。

祝龍微微一笑，亮出手中那把骨刀，把刀尖輕輕點了在古小雨的臉龐上，鋒利的刀尖立馬在她臉上劃了一個小口子出來，血順著臉劃出一道細痕落下。

「沒關係，你儘管嘴硬，反正我又不會後悔的。」祝龍不懷好意地在古小雨的耳邊輕聲道。

遠處，目睹一切的許多嬌與高浩藏身於樹後，各自摀住了嘴巴不敢作聲。

「該死的傢伙……」高浩怨恨地瞪著許多嬌，明明是聽她說找到古小雨背著他勾引男人的證據才跟過來的，沒想到卻把煉妖師也捲了進來。

整個高家上下就他一個開竅者，其他人都只是平凡的普通人，單是祝龍身後的那頭白骨兵，傾盡高家所有人全力也不見得能拿下來，遑論是要同時拿下兩個煉妖師？而且對方還藏著甚麼靈技，靈導器也不清楚，貿然行動無疑只是送死！

高浩當機立斷決定捨棄古小雨，準備假裝甚麼都沒看到偷偷溜走。

許多嬌嘴巴微張，兩眼直勾勾的望著高軟的屍體陷入了失神狀態。

「快走。」高浩踹了許多嬌一腳這才使她回過神來。

許多嬌顫抖不已的手指著高軟屍體慌張道：「少……少爺……」

「蠢貨！」高浩心中立馬罵了一句，同時他把食指豎在嘴前示意許多嬌閉嘴，壓著聲音說：「快走。」

高浩躡手躡腳走了兩步，察覺到許多嬌並沒有跟上來，只能不耐煩地回頭。

「又怎麼了！？」高浩本來就不多的耐性已快被消磨完畢。

許多嬌四肢發軟癱坐在地上哀求道：「少爺……我……我走不動……」

高浩頓時惱火起來，這廢物真的是負累！可現在也不好發作，只能把怒火往肚子裡吞了。

「兩個人一起走的話動靜太大了！你在這裡不要動！」

許多嬌一聽就急得哭了起來：「少爺你別把我留在這裡啊！」

高浩怕她聲音太大被煉妖師聽見，急忙柔聲安慰道：「放心，我回去帶上高家眾弟子來救你，你別慌，冷靜一點。」

許多嬌這時信他才有鬼呢，高浩這主平常是甚麼脾氣她會不清楚？

她望著高浩，臉上掛著可怕的笑容，顫聲道：「少……少爺，你不帶上我的話就別想走！」

「嗤！」高浩要是手上有刀第一個想殺的估計不是煉妖師，而是許多嬌。

「就跟你說兩個人動靜太大，一定會被發現的！」高浩不耐煩地解釋。

「我不管！你敢走我就叫，大家一拍兩散！」許多嬌儼然破罐子破摔，撕破臉威脅道。

就在兩人以為沒被人發現時，祝龍早就察覺到他倆的存在，只見他眉頭一皺朝兩人所在的方向不悅道：「真是吵人吶……」

一陣陰風突然刮起，把高浩與許多嬌吹得都睜不開眼，可當兩人再度張開眼睛時，等待著他們的是身高達兩米的白骨兵，殘破的甲冑上滿佈鏽痕，全身繚繞一層薄薄的淡綠色煙氣。

高浩與許多嬌望著冷不防出現的白骨兵都看傻了眼，以致對方輕輕鬆鬆就把許多嬌拎了在手上。

高浩倒是直接，丟下許多嬌拔腿就跑，只可惜沒走幾步也被白骨兵拎了起來，來到祝龍面前。

「小浩！」古小雨緊張道：「你怎麼會在這裡！你沒事吧？」

「哦……」祝龍見古小雨與新抓來的兩人認識，立馬又動起了歪腦筋。

祝龍獰笑著把左手輕輕一抬，白骨兵就張開滿是尖牙的嘴巴作狀要咬高浩與許多嬌。

「怎麼樣？現在願意告訴我那小鬼在哪了嗎？」祝龍問道。

「我……我真不知道！」古小雨焦急地說：「你快把他們放了！」

「可惜啊，不是我想要的答案。」祝龍手一揮，白骨兵張著白森森的大嘴一口將許多嬌的腦袋給啃了下來，她連慘叫都來不

及便血濺當場，把白骨兵染了一身紅。

被拎在另一隻手上的高浩任他平常如何高傲，近距離目睹許多嬌的慘死後也終於被嚇得渾身發軟。

白骨兵在連續吸食活人鮮血後身體有了變化，不但體積又變大了些許，體內的妖氣也變強了不少。

祝龍滿意地望著白骨兵：「哦？快要晉升了嗎？」

身後的古小雨苦苦哀求道：「求求你放了他吧，我真的不知道他在哪裡。」

「沒關係，我改變主意了。」祝龍狡詰笑道。

刀峰山上，陸道藉由靈氣強化腳部，即使在崎嶇不平的山路上也如履平地，他把山頭一帶都快速尋了一遍都沒能找到白邪留下的狗。

應該說整座刀峰山都沒見過有狗的蹤影。

「白邪，沒找到啊！怎麼辦？」陸道搔首問。

「該死！那傢伙到底跑到甚麼地方去了？」白邪不悅道：「明明讓牠乖乖待在密室裡，結果還到處給我亂跑！」

陸道這時把目光落了在刀鋒山刀尖狀的山頂上：「要不我們爬上去看看吧？那裡看得夠遠，整座刀峰山的環境都盡收眼底。」

「哼！」白邪道：「也只有這樣了。」

「好的！」陸道把靈氣凝聚在腳上，頓時覺得身體像羽毛那樣輕，撒腿一跑如同風一般直往山頂狂奔而去。

對於藉由靈氣來強化身體特定部位這種技巧，白邪只是教了陸道一次，沒想到他居然這麼快就掌握並運用起來了。

一眨眼的時間，陸道便沿著山壁爬到了刀峰山山頂，正所謂「高處不勝寒」，山頂冷風刺骨，白邪以老人的姿態現身，他細心地掃視著刀峰山四周的地形，尋找著自己未曾發現的盲點與死角。

突然間山腳下一處的石頭都被削得奇形怪狀，在山下時沒發覺有甚麼問題，可當他在山頂一看就發現該處異常得很，不像是自然形成的。

「找到了，媽的臭傢伙叫本尊好找的。」白邪罵道：「小鬼，準備下山了。」

陸道沒有回應，白邪好奇地轉身一望：「小鬼？」

只見陸道背對著白邪望著山的另一面，渾身微微顫抖著。

「不是吧……」陸道難以置信地望著山下，顫聲道：「這是在開玩笑的吧？？？？」

山下，古小雨所在的營地陷入了一片火海之中。

第二十六章 破界

燃燒的營地中，古小雨與高浩被困在用於囚禁靈獸的鐵牢籠中，小雨因目睹許多嬌的慘死而驚嚇過度暈了過去，高浩則抓著牢籠的鐵枝不斷搖晃，朝著上方吼道：「你是不是瘋了！快叫它住手！」

祝龍在鐵牢籠頂上盤腿而坐，百無聊賴地看著白骨兵揮動著手中的大砍刀，肆意追殺營地內所有活人。

由於灶營打翻了火種，連帶其他相鄰的帳篷也燒了起來，一眨眼功夫整個營地就陷入了火海之中。

火光處處照光了一切，張風的靈技沒有發揮的空間只能給祝龍當護衛，避免在白骨兵進食期間被牽連進去，要知道在一對一公平決鬥的情況下張風基本上都打不過同階段的所有人。

靈技就注定了他是一個只能活在黑暗中的人。

「慢……慢著！」一名癱坐在地上的高家子弟向白骨兵求饒道。

然而煉妖師的妖怪一般只會聽從主人的命令，在執行期間它們就猶如沒有感情的殺戮兵器。

面對著對方的求饒，白骨兵大刀一揮就輕鬆了結對方的性命，

然後吸食死者的靈魂，當白骨兵每吞噬一個靈魂，體內的妖氣便愈發洶湧。

「不錯！快要晉級成二星妖怪了！」祝龍拍手歡叫道：「沒想到孫河那傢伙居然用三個月時間就把白骨兵培養成這水準，是想得到大祭司的稱讚嗎？」

「可惜啊，不應該這樣就殺了他的。」他婉惜道。

五名高家子弟拿著紅纓槍來到了白骨兵面前，整齊一致地用槍尖對著它，為首的中年男子大喊道：「兄弟們！展現成果的機會來了！拿下它！」

身後四名高家子弟齊聲喊道：「好！！！！」

「上！！！」中年男子一聲令下，所有人便一起舉著槍刺向白骨兵，只聽得*「嗖嗖嗖」*數聲，五根精鋼打造的槍頭便刺進了白骨兵殘破的胸甲之中。

白骨兵被刺中之後便就此凝住不動，中年男人以為這一番攻勢有效，兩手握緊槍柄又再次喊道：「拔出來！！！」

其餘四人立馬響應，一起發力把各自的長槍從胸甲中拔出，白骨兵眼窩中兩團綠色的光芒也黯然消逝。

「成功了嗎？」一名高家子弟望著動也不動，如同雕像般的白骨兵問。

「他不動了！」另一名高家子弟以為成功了，滿心歡喜地叫道。

然而不遠處的祝龍不屑道：「真無聊。」

只見他手輕輕一揮，原先靜止不動的白骨兵突然發難，一刀就把五名高家子弟攔腰砍斷，吸食靈魂。

鐵牢籠中的高浩只能眼巴巴望著高家子弟被接連屠殺，自己卻無所作為，他怨恨地質問坐在鐵牢籠上的祝龍：「你這瘋子！為甚麼要這麼做！我們高家得罪你了嗎！？」

「得罪？不不不。」祝龍不以為然道：「這根本談不上甚麼得罪不得罪，我的妖怪餓了，它需要吸食人的靈魂來晉級，所以我就帶著它來吃飯了，就這麼簡單，別想得太複雜。」

這一下反倒是高浩被對方的言論給嚇到了：「吃飯？甚麼意思？我們在你眼中連人都不算嗎？」

「喂喂喂。」祝龍一臉無奈地從頂上躍下，轉身與高浩說：「小少爺，我當然有把你們當人來看待，不然我帶它過來幹嘛？」

高浩難以置信地睜大眼睛，隔著鐵枝望著祝龍道：「人命對你來說，難道只是妖怪的飼料？」

「對我來説，成為白骨兵的飼料也是你們唯一能提供的價值了吧？」祝龍困惑地上下打量著高浩，眼神彷彿是在看一個低能兒：「否則讓你們活著對我又有甚麼好處？」

「你這個瘋子！」高浩從牢籠裡伸出一手想要抓祝龍，但卻被對方輕鬆躲開。

望著牢籠中的高浩，祝龍覺得十分可笑：「弱肉強食，這種事情不是再正常不過了？你吃豬肉的時候問過豬的意見了嗎？」

高浩頓時啞口無言，祝龍只是外表看上去是個人而已，他的內在卻是不折不扣的冷酷惡魔！

古小雨迷迷糊糊地醒了過來，她睜開眼睛迷糊了一陣後就被眼前一片火海給嚇到了，同一時間她也看到了正與祝龍對話的高浩，見到他平安無事後古小雨欣慰地迎上前道：「小浩！你沒事真的太好了！」

「滾開！」高浩正在氣頭上，他粗暴地將古小雨推開後便坐了在角落處，把臉埋在兩膝之間，她不敢説話也不敢坐到他身邊，就怕自己的出現會引起高浩的厭煩，最終古小雨只能就地坐下遠

遠地看著高浩。

在鐵牢頂的張風一躍而下，來到祝龍身旁問：「這女的留下來我能理解，可這男的還留著幹甚麼？」

「他家在烏蛟鎮上挺有錢的。」祝龍走到了物資營，由於火焰還沒延燒至此，祝龍從一個盒子裡抓出一把米，任由它們在指縫間流下：「你看這麼多下人、廚子，還有這麼多食材，能窮嗎？」

接著他又在裝有乾果的小盒子裡翻了幾翻，最終抓了一把黑瓜子在手中啃了起來。

「呸！」祝龍吐完瓜子殼後說：「先帶他回去，再切點手指耳朵甚麼的跟他老子要錢。」

就聽*「轟隆」*一聲巨響，用來阻止人群離開的結界被轟然破開，赤色光壁上裂縫滿佈隨即龜裂成無數碎片、分崩離析。

祝龍等人聞訊後掀開簾子走了出去，只見營地入口佇立著一名黑服少年，手中所持的黑尺上金光流轉。

雖然兩名煉妖師佈下的結界只對普通人見效，一星修士能將之擊穿倒也不是甚麼稀奇的事，但是能一擊將之轟成這樣的碎塊，祝龍也是頭一回親眼目睹。

「果然是好東西。」他望著少年手中的黑尺吹了一聲口哨，燦然道：「難怪你會念念不忘。」

遠處的少年，體內一把虛弱的聲音正在警告他：「陸道！你聽我説，先去另一邊把我的狗找來！不然現在的你根本不是他們的對手！」

陸道望著屍骸遍地的營地，情緒一度失控，白邪説甚麼都沒能聽進去。

「我明明只是離開了一陣子……真的只是一陣子而已……為甚麼……為甚麼會變成這樣的？」陸道步入營地之中，放眼望去都是慘死於白骨兵刀下的人，沒有一具能保有全屍。

「太過份……到底是誰幹出這樣的事情來！」陸道悲痛道，此時此境又讓他想起了那一夜，把他世間上唯一親人奪走的那一夜。

鐵牢籠中的古小雨在巨響以後也伏在牢邊想看清楚一點，發現來者是陸道以後她心中又喜又愁。

喜是得知對方平安無事，愁是擔心他接下來跑不掉，眼見祝龍等人已發現陸道，而他仍懵然不知危機已隨時降臨。

古小雨見祝龍手裡有所動作，於是就深深吸了一口氣大喊道：「陸道──！！！快跑啊──！！！！！」

祝龍與張風驀地轉身罵罵咧咧道：「媽的！回頭再跟你算帳！」

只見陸道循聲而望終於發現了被困在牢籠中的古小雨，見她仍然活著陸道總算是放下心頭大石，然而他雖聽到了聲音但卻沒聽清楚內容。

靈氣於體內急速凝聚，陸道以比平常更大的聲量咆哮道：「小雨！！！我來救你了！！！」

第二十七章 覺醒一

祝龍眼見陸道來勢洶洶，再加上他先前一擊就把他佈下的結界轟成了碎片，實力肯定是無庸置疑的。

「就是這小鬼了嗎？果然挺生猛的。」祝龍笑著打了個口哨召回白骨兵。

燥熱的空氣中瀰漫著陣陣焦味，燃燒的營地內慘叫聲漸變漸弱，畢竟死人是不會說話的。

灰頭土臉的高硬一臉茫然地望著這地獄般的環境，鼻中所吸是深入肺腑的恐懼，這屍骸遍地的畫面讓他不禁懷疑自己是不是已經死了。

白色巨人自火海中突然現身，高硬只覺眼前寒光一閃，接著他整個人由中間被一分為二，成了白骨兵其中一名刀下亡魂。

吸食完高硬的靈魂後，白骨兵又把目光放到餘數不多的活人身上，正當它準備朝一名廚娘下手時，祝龍刺耳的哨聲一響，白骨兵便停下了動作，如同毫無感情的機械般拖著沉重的步伐走回主人身邊。

陸道望著灰斗篷的祝龍以及他身邊的白骨兵，立馬就認出對方煉妖師的身份，其後當他看到祝龍身後的張風就更加確定了自己的判斷。

「他不就是那個高個子煉妖師嗎？」陸道訝異道。

白邪也認出張風來，然而兩名煉妖師突然襲擊這裡會是偶然嗎？陸道就這麼巧前腳一走，後腳就出事了？

這顯然不是巧合，更合理的推論是陸道一直被他們跟蹤，所以才發生了這一系列的事情。

「小鬼，對方是有備而來的，本尊現在過於虛弱無法附於你身作戰，在不清楚對方的底細前貿然行動是很危險的！」白邪不斷警告陸道。

陸道完全聽不進去，眼中就只有被囚禁在籠中的古小雨。

當高浩看到古小雨凝望陸道的眼神時，那一瞬間他明白了陸道便是許多嬌口中提到的情人。

「陸道……你……你快跑啊！！！」古小雨不明白，怎麼愈叫他跑就愈往這邊走來。

看著未過門的妻子當著自己臉在擔心其他男人，高浩縱然憤怒但也不好發作，畢竟對方一下打碎結界的畫面他也有目共睹，所以他把怒火強行壓了下來，暗地則盤算著在事後報復。

同樣滿腔怒火的人還有陸道，如今他已沖昏了頭腦，不管白邪說甚麼他都當作耳邊風。

「第一步走錯了不要緊，可你別在錯的路上勇往直前啊！」白邪繼續勸道：「聽我說！陸道！你聽我說！現在離開還來得及！」

祝龍望著信步而來的陸道獰笑著下令道：「給我取下他的人頭！白頭兵！」

骸骨巨人咆哮著自沖天的火柱中現身，只見它眼中綠芒一閃，世界就立馬像是蒙上了一層灰，四周的火焰也「*唰*」的一聲從橙紅色變成了在灰色迷霧中若隱若現的青色冥火。

整個氣氛一下就變得恐怖起來，四周的黑暗中不斷有手臂伸向陸道，亡魂的慘叫聲更是不絕於耳。

一般人這時恐怕早已慌亂起來，然而陸道卻不同，他的體內寄宿著一名鬼道邪尊的靈魂，與他共生死，與他並存亡。

「注意了。」白邪一下就判別出目前的處境：「這是妖怪在捕食時所展開的迷障，本尊若然在生這種程度的迷障打個噴嚏就能隨便破掉了……」

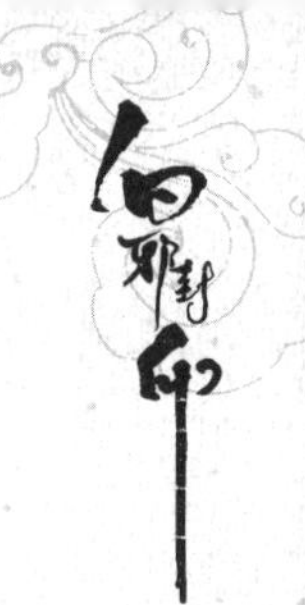

突然左方勁風突起，灰霧中閃出一絲閃光。

「小心左邊！」白邪第一時間警告道。

果不其然，白骨兵立馬揮動大刀朝陸道迎頭劈去，陸道也本能地察覺到危險，兩手執著封魔尺兩端架於身前。

白刃與黑尺於灰霧中激烈相碰，火花四濺，兩兵交擊之處激盪出一道環形的衝擊，一下就將灰霧驅散。

在靈氣的強化加持下，手持封魔尺的陸道能與白骨兵分庭相抗，對陣時也不會因體形差距而落於下風。

陸道咬牙猛力一推，白骨兵便踉蹌後退了數步，它重整重心後又揮動大刀朝陸道劈去。

*「轟隆」*一聲，那一刀沒劈著陸道反而把地面給砍了一條大裂縫出來！震度深達地底數十米。

大刀劈在地面上就像是菜刀插到豆腐裡般輕鬆、暢通無阻，陸道見機不可失一躍而起，手中高舉著金光四溢的封魔尺照準對方的頭猛揮而去。

白骨兵怪叫著掄起大刀與封魔尺對砍，兩種兵器再度重重交

擊，它眼中綠光一閃，體內洶湧的妖氣在此刻突然暴脹，急速纏繞其身，白骨兵重重一踏地面，陸道便感到手中的力量突然變得更大。

「甚麼！？」陸道臉上閃出一陣錯愕，隨即便被對方的怪力給擊飛。

陸道在地上拖行了一段長長的距離才成功穩住了身體，訝異道：「這傢伙！比以前對付過的妖怪要強。」

白邪見對方體內妖氣湧動，感應後道：「這傢伙的實力在你之上，你才剛踏入一星之境，而對方在吸食了如此多靈魂以後已是一星修為的巔峰。」

白骨兵的大刀已經兩次直接劈在尺身之上，但鋒利的刀刃在怪力的加持底下依然沒能對封魔尺帶來損耗，甚至連在漆黑的尺身上砸個白印子也不能夠，正正是這一點接連救了陸道兩次。

白邪很清楚，陸道手上如果拿的不是封魔尺的話，大抵早就命喪對方手下。

經過手下的妖怪接連交鋒後，祝龍也看到了，陸道的本體似乎沒甚麼了不起的，真正厲害的還得數對方手上的黑尺。

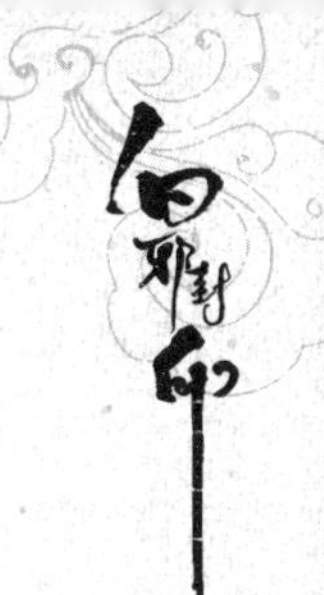

一心想要得到封魔尺的祝龍看得垂涎三尺，心如蟻爬，想趕快把封魔尺拿到手中好好把玩。

「不錯，是一件相當罕見的靈導器！」不遠處祝龍眼中流露出對封魔尺的渴望。

「鏗！」
「鏗！」
「鏗！」

白骨兵舉起手中大刀朝著陸道來了一記三連順劈，陸道雖然成功格擋但短時間硬扛對方三招，巨大的衝力震裂了虎口，鮮血直流。

一番激烈交戰後，陸道的體力已大不如前，氣喘如牛，但眼前的白骨兵卻毫無異況，湧動的妖氣也沒有下降的徵兆。

「小鬼！你受傷了！先別跟他直接對抗，拉開距離回復一下體力。」白邪的聲音在陸道耳邊響起。

「啊，我知道了！」陸道往後數個彈跳從白骨兵身邊離開，手也探到懷裡取出了回復用的草莓之星服下。

糖豆入口即化，蘊藏的靈氣帶著陣陣暖意流遍陸道的四肢百

骸，修補受傷的部位，填補上缺失的靈氣，力量不斷從體內湧現，陸道整個人都覺得神清氣爽。

本來祝龍見陸道一番大戰後已氣喘連連，彷彿不能久戰，可沒想到對方居然還藏著回復用的靈藥。

而他更沒想到像這樣的回復糖豆，陸道身上還有一大把！而且是不同口味的！

第二十八章 覺醒之一

祝龍驚呆了，難纏的對手他不是沒有遇過，但是……

但是像陸道這樣的對手他還是頭一回見到，只見陸道打到體力不支就往嘴裡塞糖豆，體力一瞬間就藉由靈食中的靈氣得到補充，然後又生龍活虎回來對著白骨兵一頓猛敲。

祝龍咬牙道：「簡直是無賴！」

張風在旁邊也看得目瞪口呆：「這是哪來的有錢人式打法？」

在這靈氣逐漸枯竭的世界中，靈食已然是一種稀有食材，不是一般人能夠負擔得起，而像是糖豆這樣由靈食中精煉出來的食品更是難能可貴。

如此珍貴的靈食正被陸道當作普通糖豆來吃，一顆接一顆，毫不心痛。

「白邪，這樣的東西一定很寶貴的吧？」陸道雖然不懂但也隱約感受到糖豆的價值。

白邪毫不在乎，如今的他滿腦子都想著怎麼幫陸道脫困，隨口應道：「吃！給本尊往死裡吃！只要能活著離開，本尊天天煉糖給你吃！」

只可惜他無法像陸道那樣藉由進食來恢復靈氣，否則他第一時間就是把這不聽話的臭小鬼給頂下去，瞬間解決掉眼前兩個嘍囉。

白骨兵由於行動緩慢又拖著一把大刀，面對著輕盈敏捷的陸道還一時間拿他沒辦法，明明前一刻才剛把陸道打跑，下一秒他又很生猛的打了回來。

簡直就像是蒼蠅一樣，打不死你也要噁心你。

「夠了！」一把陌生的聲音陡然響起，引起了所有人的注意，眾人緩緩把目光都落在白骨兵身上。

「你！很弱！」被認為沒有意識的白骨兵在忍無可忍的情況終於開口講話！

說罷掄起碩大的骸骨之拳結結實實的打了在陸道身上，一拳就把他擊飛至數尺遠。

果不其然，陸道往嘴裡塞了糖豆後又再次站了起來，身上微弱的靈氣一下又變得旺盛起來。

「是的，我的力量確實是不怎樣。」陸道拭擦著嘴角的鮮血，昂首抬頭道：「所以我決定多揍幾次，直到把你打死為止！」

連番消耗下，糖豆的數目以飛快的速度不斷減少，當陸道抓起一顆藍色的糖豆準備往嘴裡塞時，白邪急忙警告道：「這顆吃了有助陽之效！別吃！」

「你幹嘛讓我拿這玩意！」陸道急忙把藍色糖豆扔掉。

「蠢貨！本尊還不是為你生計著想！」白邪怒道：「這一顆糖豆拿到一線城市去賣，那些有錢的中年男人絕對會擠破頭來搶購！」

「不要！」陸道皺著眉又掏出了一顆白色的糖豆。

白邪又阻止道：「這顆也吃不得！吃完眼睛會瞎掉！」

陸道瞄了一眼口袋，裡頭五顏六色的也不知道哪一顆能吃，哪一顆不能吃，眼見白骨兵揮動大刀襲來，慌亂間抓了一顆火紅色的糖豆塞到嘴中，一陣熾熱的感覺瞬間在嘴裡化開。

「好辣啊……」陸道被嗆得眼淚直流，苦不堪言。

「這是本尊煉失敗的辣椒糖。」白邪道：「辣是辣了一點，但卻有著短暫強化靈氣的作用。」

陸道感受到靈海中有暖流源源不絕流出，一瞬間他感受到自

己所能調動的靈氣比以往要更多了一點。

白骨兵此時已揮動大刀劈來，只見陸道眼中寒光一閃，黑尺上金光四射而出，迸發著璀璨炫目的光芒，帶著雄渾無匹的制魔之力攔腰一揮，將白骨兵連骨帶刀一擊消滅在金光之中。

當白骨兵化成飛灰消亡於空中後，陸道便把目光投在祝龍之上，明明失去了寶貴的妖怪但祝龍卻一臉不在乎。

陸道才剛準備往他那邊移動，祝龍就馬上喝止：「不許動。」

只見祝龍一隻手成爪狀舉向古小雨所在的牢籠，另一隻手則豎起劍指置於胸前，他冷冷道：「你再動我就把他倆煉成血水。」

這一下無疑是對陸道的一記痛擊，他臉色為難，目光不斷在古小雨與祝龍之間來回浮動。

「捨棄她吧，小鬼。」旁觀的白邪只能竭盡所能不斷勸喻：「你才認識她多久？有必要為了她連命都搭上去？」

「白邪。」陸道咬牙道：「不管牢籠裡關著是誰也好，我都不會捨棄他！」

陸道至今也沒有忘記當初影觀音襲擊白雲村的畫面，那時的他是多麼無助，多麼渴望有人能來幫自己。

那是叫人窒息的絕望。

「陸道你別管我了！快跑！」古小雨也急得眼泛淚光不斷勸陸道離開。

「放心吧，小雨，我一定會救你出來的。」陸道微笑著安慰古小雨。

祝龍見陸道剛跟古小雨許下承諾，立馬獰笑著把爪用力一收，牢籠下突然迸發著血色的光芒。

高浩慌張道：「這……這是怎麼回事？？」

古小雨望了地下一眼，再次抬頭望向陸道呼喊道：「陸道……」

不祥的黑紅之光激閃過後，牢籠中已空無一人，高浩與古小雨都同時不知所蹤。

陸道頓時瞪大了眼睛，全身的毛髮彷彿都炸了起來，血液也沸騰起來，他用盡全身氣力咆哮道：「你到底幹了甚麼啊！！！！！」

「哎喲，真是不好意思了。」祝龍假裝無奈地聳聳肩道：「手一不小心就這樣了。」

「小鬼！別中他挑釁了！」白邪盡最後努力繼續勸止。

可陸道哪聽得進去，只見怒不可遏的他舉起封魔尺就朝祝龍迎頭劈去，祝龍不慌不忙又擺起陣式，劍指胸前一豎，虎爪朝他一伸。

奪命的一擊在祝龍額前半分驟然凝住，陸道費盡全身氣力也無法繼續揮下。

祝龍笑著後退了一步，虎爪一收，陸道腳底下突然血色四起，原來這裡早已被佈下陣法。

「你以為我就一直在看著而已嗎？」祝龍望著血色陣法中如同石像般佇立的陸道：「我當然沒閑著了，只不過沒想到你會這麼簡單的上當而已。」

祝龍獰笑道：「小鬼，你輸了。」

說罷虎爪一收，血陣中紅黑之光閃現，一陣強大的壓迫力自四方八面不斷壓向陸道。

紅黑之光激閃過後，澎湃磅礴的壓力如山崩海嘯強壓在陸道身上，陸道在血陣中全力抵抗，渾身靈氣湧現覆蓋在體表來抵消血陣的強大壓力。

當初在水中一直失敗的靈氣護身法，現在居然被他在危急中使了出來。

祝龍也是頭一回看到有同階級能把血陣抵抗成如此程度，不由得稱讚他：「要不是你大意，我們還真不一定能拿下你。」

承受著無比強大壓力的陸道被鎮壓得渾身顫抖，祝龍口中唸唸有詞，血陣中的壓力再度被加強。

然而臨陣磨兵未免也為時已晚，心知已抵達極限的陸道咬著牙關，耗盡全身氣力從牙縫中擠出一句：「我不會放過你的……」

「這一句話換我說才對。」祝龍不懷好意道：「等你死了我會好好善待你的靈導器的。」

「還有你的靈魂。」祝龍冷笑道：「我會收起來好好折磨，讓你後悔來到這個世上。」

血陣中紅黑之光再度激閃，這一次光芒消褪後，血陣中只留下了陸道的衣服，以及回復原狀的封魔笛。

祝龍在血水中撈起了封魔笛後也不嫌髒，拿在手中愛不惜手地把玩，爾後他想起了還有另一件事要辦，當他從懷中取出一道白符後立馬愕然道：「咦……那小鬼的靈魂呢？」

陸道發現自己再次置身於虛空間的金河之中，他正飄浮在河面上順流而下。

「這裡……」眼神迷離的陸道茫然道。

撫琴之人的聲音如天籟之聲般在陸道耳邊響起。

「破死局。」

「是甚麼地方……」

「轉生機。」

「我死了嗎……」

「知天命。」

「我要去哪……」

「渡輪迴。」

金河之中，光芒四現，湍急的河水突然靜止下來。

一股強力的力量在上游不斷拉扯，金河之水竟硬生生的逆流起來。

「去吧，陸道！」

陸道全身被光芒所淹沒，身體也像是從高處墜下般不斷落下。

陸道。

輪迴。

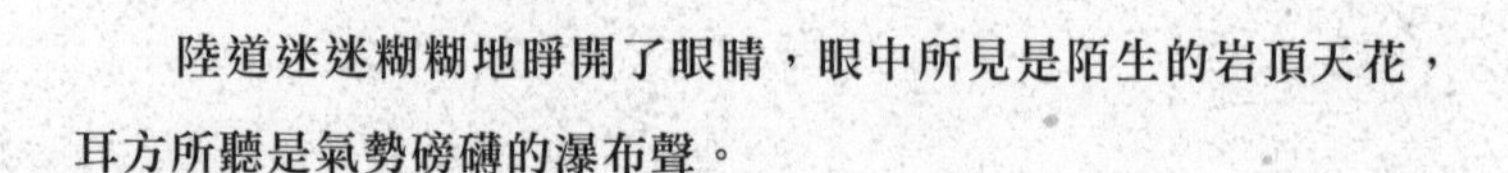

陸道迷迷糊糊地睜開了眼睛，眼中所見是陌生的岩頂天花，耳方所聽是氣勢磅礴的瀑布聲。

以及……白邪憤怒的質問。

「喂！小鬼！喂！」

神志恍惚的陸道終於回過神來，赤著上身的他坐了起來迷惘地環顧四周。

整齊排列的書架以及藥架，還有放置衣服的木箱子。

「這裡不是白邪的密室嗎？」他茫然道：「我怎麼又回到這裡了？」

白邪皺眉不悅道：「你發甚麼傻，剛才不是你想跟我展示靈技？」

陸道的記憶一下就被勾了起來，這個畫面不是已發生過的嗎？

「到底……發生甚麼了。」陸道思緒變得混亂起來。

「這句話該我來問才對吧？？？」白邪怒火沖沖指著陸道的丹田道：「魂燈怎麼剛亮起來就熄滅了？？？」

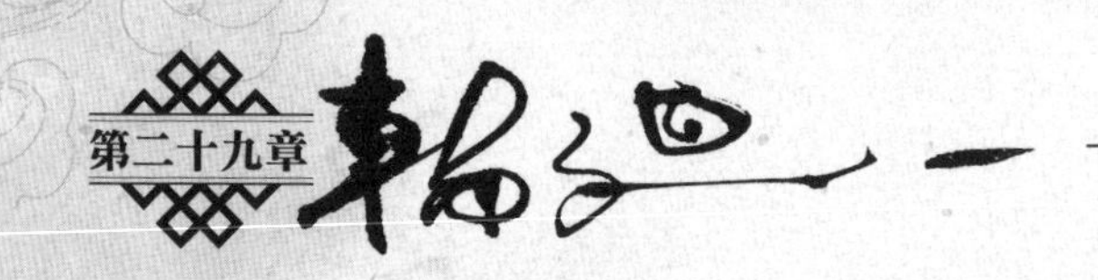

第二十九章

「魂燈……熄滅了？」陸道先是一愣，然後低頭往靈海望去，本該熊熊燃燒的魂燈，此時正如其餘六盞一樣沒有動靜。

白邪皺眉道：「這是你第二次暈過去了，該不是你的體質跟果實的屬性相沖了吧？」

陸道疑惑道：「這是第二次？」

在白邪的視角中他先是看到陸道因吃了金色果實而暈倒，接著又在準備展示靈技前的瞬間暈了過去。

「啊，是的。」白邪上下打量了陸道一番，搖首嘆息道：「算了，看你這樣子大概也是沒頭緒，答案就由本尊親自找出來吧。」

白邪想要回到陸道體內一探真相，在他正要起行之際，陸道突然摀著頭疼叫起來。

腦海中一幕幕畫面不斷浮現在陸道眼前，他表情痛苦地抱頭打滾、喘著大氣、咬緊牙關強忍著源自大腦深處的劇痛。

少女一邊餵水一邊不斷用手去順他的後背：「慢慢吃，不用急，沒人跟你搶的。」

少女雙手托著腮笑著凝望如同餓鬼投胎的他吃飯。

少女放下了西瓜然後騰出雙手環腰抱住了他，紅著臉問：「是這樣嗎？」

少女望了腳下詭異的血陣一眼，再次抬頭絕望地向他呼喊：「陸道……」

不祥的黑紅之光激閃而過，留在血陣中的只有一灘血水以及漂浮在上方的衣服。

畫面來到最後，世界彷彿蒙上了一層紅光，陸道在血陣內而煉妖師在外，祝龍望著陸道露出了猙獰的笑容。

看到這時，陸道陡然睜開了眼睛，喘氣道：「我明白了……白邪！」

白邪揚起了一道眉毛，似乎不太信服又道：「哦？」

「我……」神色凝重的陸道用力地一字一頓道：「好像已經死過一回了。」

白邪睜大眼睛愣住了，隨即馬上哈哈大笑起來，彷彿剛剛是在陸道嘴裡聽到一個笑話似的。

「我知道這件事很難以置信但我保證所說的一切都是真的。」

陸道沉著臉把事情的起始經過一一告訴了白邪。

起初白邪還不太願意相信，然而隨著陸道口中所述愈發詳盡，他的臉色也不由得跟著變得凝重起來。

「……最後我死了，然後又回到這裡來。」陸道將一切都說完以後便陷入了沉默當中。

「難道這小鬼覺醒的是張嘴就能編故事的靈技？」白邪負手而立，腦海裡也不斷在思考著。

對於陸道與古小雨的故事，他壓根兒不感興趣，但這些故事陸道說起來時繪形繪聲不像是臨時編的，提到被古小雨抱時的靦腆感也不像是裝出來的。

白邪稍微沉默了一會，終於輕聲道：「那……你能證明嗎？」

「證明？」陸道心裡顫了顫道。

「對，證明。」白邪沉著臉道：「否則本尊拿甚麼去相信你？一樣就行，只要能證明你所說的是真的就行。」

白邪說完以後就細心觀察陸道的一舉一動、眼角、手擺放的位置、站姿以及語氣，這些細微動作都可以用作判斷陸道有否撒

謊的依據。

陸道為難地搔首道：「這玩意兒有辦法證明嗎？」

他在密室中不斷來回走動，攪盡腦汁，想了好一陣子也沒想到證明的方法，白邪見陸道來回踱步走了半天，最終還是失去了耐性催促道：「怎麼樣？可以了嗎？」

「可惡……」陸道也很是急躁，這種有理說不清的感覺讓他十分焦急。

視線落在藥架之上，上方放置了一個又一個的盒子，盒內裝著的就是上一次他戰鬥時所吃的糖豆。

「糖豆！對了！是糖豆！」陸道突然靈機一觸，走到藥架前挨個盒打開。

白邪雖然看不懂陸道在幹甚麼，但還是被他的舉動所吸引，最終陸道把拳頭伸到白邪面前，五指慢慢舒展開來。

三顆糖豆不同顏色的安躺在陸道的手中，他自信滿滿地說：「這就是答案！」

白邪看了一下糖豆又看了陸道一眼，淡然道：「怎麼說？」

陸道得意一笑，手指指著三顆糖豆由左至右順序介紹：「這顆白的吃了會眼瞎！這顆藍的吃了會助陽！這顆紅的有著短暫增加靈氣的效果！」

白邪聽得心中一緊道：「我明明還沒跟他說過，這傢伙是怎麼知道這些糖豆的效用？」

但是他臉上雖然假裝若無其事，語氣間全是戲謔之意道：「這種事情想要了解的還是有辦法，這也能當證明？」

陸道沒有被唬到，拿起了紅色糖豆泰然自若道：「但我總沒法知道這是你煉失敗了才會這麼辣吧？」

這下白邪可真是驚呆了，顫聲道：「這……你是怎麼知道的？」

「不是說過了嗎？」陸道慘笑道：「我跟你一樣，已經死過一回了。」

白邪表情十分糾結，他很想就此相信然而這一項孤證並不完美，思索了良久才開口咬牙道：「還有其他證明嗎？」

陸道不悅地嘀咕道：「當初不是說只要一樣就行嗎？」

當他又陷入「該怎麼證明的煩惱」時，耳邊沖刷不斷的瀑布聲再度給予他提示，還有一點是他當時一直沒能辦到的。

陸道用眼神示意白邪跟著他離開密室，在岸邊停了下來，白邪不明所以，正想發問之際，陸道二話不說就往水裡一跳，撲通一聲，濺起了重重的水花。

白邪沒能理解陸道到底想幹甚麼，只能留在岸邊等候，未幾，全身被靈氣所覆蓋的陸道便緩緩自水中現身，明明整個人都跳到河裡但身上卻滴水不沾。

「呼……」爬回岸邊的陸道調整吐納，把靈氣收回體內，渾身乾爽如初。

白邪的臉色一下就凝住了，如果說前面的能用偶然來含糊過去的話，那靈氣護體這一招確實是讓他無話可說了。

雖然陸道的靈氣尚未到收放自如的地步，但是以一名剛剛晉升至一星的修行者來看，他已然是超水準的表現。

「這……不可能！」白邪訝異道：「這是二星修行者的課題，你是怎麼會的！」

「你教的啊！」陸道無奈道：「而且我是在被殺前才勉強撐

了一會兒……」

「可以了。」白邪朝陸道伸出一手打住了他的話：「本尊已經相信你了。」

第三十章 輪迴之一

「你的靈技名叫輪迴。」

秘室中，白邪席地而坐不發一語，過了良久他才張口幽幽道。

「大致上可理解為，要在死亡時靈技才會發動，發動後靈魂會被帶回至先前的某個時間點重生。」白邪食指抵在下巴上思索後道：「我一直以為這靈技只是傳說，沒想到卻真實存在。」

「魂燈的數量大概決定你能夠輪迴的次數。」白邪瞄了魂燈一眼，眼見仍然寂滅後說：「下一次你再遭受不測，恐怕便會迎來真正的死亡。」

「那……那現在的我不就跟沒靈技沒兩樣？」

白邪搖首道：「錯了，小鬼，這偏偏才是你的靈技最厲害的地方。」

「這又有甚麼用啊！」陸道悲憤道：「要是我覺醒的是更厲害的靈技，那麼小雨就不會死了……」

白邪淡然應道：「不對，按時間軸現在的你應該還沒認識那女孩才對，所以她現在仍然活著。」

陸道仔細一想後覺得有理，急不及待的轉身想離開去找古小

雨，白邪並沒有阻止，只是坐在地上不溫不火地說了一句：「你忘了自己上一個輪迴是怎麼死了嗎？」

「可是……小雨的營地很快就要被煉妖師襲擊了！」陸道緊張道：「現在還來得及避免一場浩劫發生！你卻想叫我袖手旁觀嗎！」

「笨！蛋！」白邪皺眉道：「那兩名煉妖師肯定看到你跟那女孩有所接觸才下手的，目的就是想藉由她把你引至殺陣之中，沒想到你這傢伙還真的傻呼呼上當了。」

「如果你想救那女孩，最好的方法就是在解決煉妖師前別再跟她有任何接觸。」白邪又道。

陸道權衡一番以後覺得白邪所說的亦不無道理，再次坐回在白邪面前。

「就算我不去找小雨，那兩個煉妖師怎麼辨？難道就放著不管嗎？」陸道扁嘴嘟囔道。

白邪不以為然道：「那兩個傢伙自然是不能放過，但是在對付他倆之前有更重要的事情要做！」

「我的狗！」他突然沉著臉，用可怕的眼神盯著陸道：「上

一個輪迴中有找到它的線索嗎？」

陸道被嚇得怔了怔，急忙回答：「我……找到了，你當時說山的另一邊發現了它的蹤跡。」

「哼，真不愧是我。」白邪自鳴得意道：「果然不管在甚麼時候都只有『我』是可靠的。」

白邪見陸道還沒認識到輪迴之力真正可怕之處又問道：「還沒明白嗎？小鬼？」

陸道搖首。

白邪又問：「現在再讓你對上那名煉妖師，你有信心可以打敗他了嗎？」

「那當然！」陸道立馬應道：「只要別踩到他的血陣，那傢伙本身沒甚麼可怕的！」

祝龍猙獰的面貌又在陸道眼前浮現，他不由得攥緊了雙拳，筋骨頓時噼啪作響。

「沒錯，這就是你的靈技最可怕的地方。」白邪又道：「得知了未來走向的你可以打破上個輪迴中的死局，尋找新的生機。」

陸道這才恍然大悟：「對啊！只要別犯上一次的錯誤不就能改變未來了嗎？」

他急不及待問道：「那接下來該怎麼辨？」

白邪微微一笑道：「去替本尊找狗。」

陸道差點沒把眼睛直接翻到後腦勺，他實在搞不懂為甚麼白邪這麼執著於自己的狗，但陸道不想再重蹈覆轍於是只能選擇乖乖聽從他的指示。

早已潛伏在瀑布外的祝龍與張風見陸道久未露面，當祝龍想著要不要趁機在門口佈下血陣之際，陸道恰好在此時從瀑布河中現身，渾身濕透的他背著行李狼狽地爬上了岸邊。

「喂，再裝得廢柴一點啊！」白邪在其耳邊督促道。

「哈啾！」陸道只能聽從白邪的吩咐，擺了一副弱不禁風的樣子出來：「好……好冷……要要要是現……」

後半句陸道還扯大嗓門故意説給潛伏在暗處的煉妖師聽。

「要是現在有人想偷襲我的話，我就死定了。」

「太假了陸道，太假了。」白邪用同情的眼神望著陸道又說：「真的太假了。」

「知道了！你沒必要重覆這麼多遍吧！！！」陸道臉紅耳赤道。

祝龍看到陸道一副傻不溜秋的樣子以後也喜上眉梢，扭頭就跟張風問道：「你跟魏東就敗在這傻小子手上了？」

張風縱然心有不甘，但既然都把祝龍找來幫忙了，只能無奈承認，同時間心底裡總有種說不出口的滋味。

「這小鬼怎麼感覺從瀑布出來後就變得有點不對勁了？」張風於心中暗道。

跟上一次輪迴不同，陸道這回改朝山的另一邊進發，祝龍等人見狀急忙跟了上去。

刀峰山愈往西走，樹木就愈發稀少，最後四周盡是光禿禿的岩石，寸草不生，陸道發現四周奇石林立，每一塊石頭之上都像是被甚麼東西用爪子削過似的。

陸道漸漸步入荒涼的野外之中，眼睛不時憂心地瞥向身後緊隨而至的兩名煉妖師。

「小雨總算是安全了。」想到這時，陸道躁動的心才叫稍微平伏了些許。

「白邪，你確定往這邊走？」陸道不安地問道：「再走下去他們沒地方躲了。」

「繼續。」白邪望著岩壁上一道道深達數寸的劃痕笑道。

最終在穿過奇石之林後，一片奇景出現在陸道眼前，放眼望去灰白色的岩石上插滿了數之不盡，一把又一把已失去光輝的靈劍。

「這……這裡居然有座靈劍塚！」陸道顫聲道。

第三十一章

陽光映照之處坐落著一座小山丘，飛塵在光線的照射下寧靜而又神聖地飛舞著，放眼望去是數之不盡插在地上的靈劍，地表瀰漫著薄薄一層霧氣為四周也多添了幾分神祕的氣息。

陸道踏入時繚繞於腳邊的霧氣頓時被驅散，他走到一把殘破的靈劍前想要拔起，沒想到指尖剛觸及劍柄，整把靈劍就頓時化作煙塵散去，融入了底下的霧氣當中。

整座靈劍塚中隱隱瀰漫著一股莊嚴神聖的氣氛，叫人感到敬畏，一臉意外的陸道放眼望向那一把把的靈劍顫聲道：「白邪，這是怎麼一回事啊？」

「每把靈劍在持有者死後都會找個地方封劍，封的靈劍多了就會跟這裡一樣成了靈劍塚。」白邪解釋道：「這裡果然像是那傢伙會來的地方。」

「……你的狗跑來靈劍塚想幹甚麼？」陸道儘管很想問但還是忍了下來。

他又試圖將一把生鏽的月牙形靈劍拔起，而結果跟上次一樣，劍剛被觸及就會化成煙塵融入底下的霧氣之中。

白邪搖頭說：「沒用的，每個修行者都會有一把本命靈劍，伴其生亦伴其死，修行者一但死了靈劍也會緊隨作廢。」

「這麼說白邪被封印後你的靈劍……」陸道偷偷瞥了旁邊的殘破靈劍一眼。

「哼，恐怕要讓你失望了。」白邪哼笑道：「本尊生前並沒有修靈劍。」

「欸——」陸道又試著將一把看起來比較新的靈劍拔起，然而結果還是跟先前一樣化作煙塵。

陸道不服氣在靈劍塚挨個拔了一片，底下的霧氣也因此濃郁了許多，一腳踩下去會直接淹沒不見。

白邪見陸道對靈劍似乎有著一種執著於是便問：「你在幹甚麼？」

陸道抓著一把殘破靈劍的劍柄成功用力拔出，臉色頓時一喜，但不料這一次劍柄雖然沒有化成煙塵，但是劍身在被拔起時就化塵四散。

空歡喜一場的陸道無奈地把手中剩下的劍柄丟棄應道：「我聽烏蛟鎮商隊的人說過修行者能夠以靈氣操控靈劍御空而行，殺敵於千里之外，平常要是能有一把靈劍懸浮在身邊那該有多帥啊！」

「小鬼，靈劍最起碼也要等你步入上境六星才能修，而且要找鑄劍師專門鍛造才行，你拿別人的靈劍是沒辨法使用的。」白邪沉聲道。

陸道聞訊後只能掃興地望著一把一把插在地上的靈劍，心裡則想著自己要是能拿一把來用用看那該多好。

「好了。」白邪冷不防的把陸道給頂了下去，只見站在劍丘上的他臉色突然一沉，接著眉宇間便多了數分邪氣出來，他以一貫桀驁不馴的語氣又道：「接下來就交給本尊吧。」

陸道被強行頂下來後也很是意外，心裡想道：「這是怎麼一回事？」

隨即他便想起這一次輪迴裡白邪並沒有因為過度透支靈氣而變得虛弱，樣子也維持在年青時的模樣。

白邪操控著陸道的身體步上了劍丘之巔，他低頭望去，腳下遍佈殘破靈劍。

他目光如電般在霧氣中掃視一番，輕嗤道：「那傢伙到底跑甚麼地方去了？」

手也同時往懷裡一探，把封魔笛送到嘴邊奏出詭異的音樂，

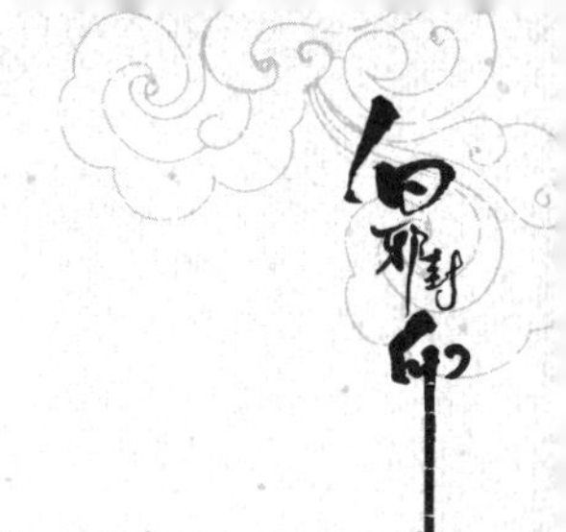

樂曲奏起時，腳下的霧氣也隨著節奏而翻滾，愈發濃郁。

隨著樂曲的終結，漲得淹沒四周的霧氣中一片寂靜，半晌後，依然沒有絲毫反應，白邪眉頭微微一皺嗔道：「這樣的劍璽量還不夠把它引來嗎？」

然而當他打算再次奏響樂曲時，濃霧之中突然出現一個巨大的身影，對方冷不防就舉起大刀朝白邪猛劈而去。

白邪不慌不忙，皺著眉身輕輕一側就躲過了這一刀，大刀猛擊於地上，一時間震散了霧氣，讓白邪得以一窺對方廬山真面目。

那是一副被殘破甲冑所包裹的巨大骸骨，頭部是顆完整的人頭骷髏，眼窩沒有眼珠子只有兩顆幽幽綠光。

白邪淡然道：「是白骨兵。」

白骨兵見偷襲失敗趁著散去的霧氣回湧，乘機循入霧氣中消失不見。

同時間濃霧內傳出了陣陣鼓掌聲，只見身穿灰斗篷的祝龍拍著手自霧中現身對白邪獰笑說：「沒想到身手意外的靈活啊？」

於體內的陸道立馬就認出祝龍，那張猙獰的臉不管他輪迴多

少遍都不會忘記，他咬牙切齒道：「白邪！就是他在上個輪迴中殺了我的！」

「哦……」白邪瞇著眼睛把祝龍上下打量一番，不屑地應道：「就憑這傢伙和那隻小妖怪嗎？」

祝龍本以為讓白骨兵在霧中偷襲能一刀斃命，沒想到眼前這外表看上去傻呼呼的小鬼居然在千鈞一髮之間躲開了，而且還是臉不紅，氣不喘的那種！

「恐怕要比想像中難對付。」祝龍想到這後冷不防的打了個口哨。

白邪身後的霧氣突然翻滾不已，手持塗毒骨刀的張風突然偷襲白邪，而白邪這一次索性閉上了眼睛，僅憑聽衣服的磨擦聲順利躲開了張風所有攻擊，使其累得氣喘連連的退回祝龍身邊。

「祝龍大哥，這小鬼身上怕且有甚麼秘密，還是小心為上。」張風勸道。

「再厲害還不是一星。」祝龍眼睛一直盯著白邪手中的封魔笛，催動體內靈氣對白骨兵下達命令：「上吧！給我拿下他！」

濃霧中傳來劇烈的震動，白骨兵咆哮著揮舞手中大刀衝向白

邪。

陸道在上一個輪迴曾與白骨兵交手，故此明白這大塊頭的麻煩之處，於是他出於好意告訴白邪：「小心！這傢伙力量很足！對付起來相當的麻煩！」

面對著來勢洶洶的白骨兵，白邪沒有絲毫慌亂，手輕輕一抬，掌中的封魔笛便散發著金光化作黑尺的模樣。

白骨兵手中的大刀朝著白邪的腦門一刀劈下，只見他嘴角一揚，加快體內循環的靈氣，封魔尺帶著耀目的金光以及強悍的力量逆刃反砍往對方。

兩兵交擊產生了強烈的沖擊波，撕裂了空氣，也將瀰漫在四周的霧氣在一瞬間驅散。

這能量波動的爆炸，令本該安息的殘破靈劍也受衝擊波所牽連被震得支離破碎，即使是遠在山的另一邊正在尋找靈獸的高浩一行人也能感受到刀峰山明顯顫抖了一下。

「打醒精神！靈獸要出來了！」高浩一聲令下，高家眾多子弟便繼續浩浩蕩蕩朝山上進發。

白骨兵的大刀也經不住封魔尺力量澎湃的一擊，接觸處先是裂出一道細紋，細紋隨後漸漸擴散，最終整把刀碎成類似靈劍般的煙塵。

祝龍看得目瞪口呆，他萬萬沒料到這小鬼居然有著如此強大的力量，要是他知道自己的對手是有著「鬼道行者」之稱的白邪，恐怕打從一開始就會躲得遠遠。

「這下應該夠了。」白邪撥弄著劉海微微一笑，輕藐道：「放心吧，既然難得把狗找回來，我不會讓你死得如此輕鬆的。」

只見他劍指朝天，大喝一聲：「出鞘吧！求魔！」

靈劍塚內，萬劍齊鳴。

山的另一邊，高家的配刀甚至廚子用的菜刀也產生了共鳴，抖動不已。

由眾多殘破靈劍以及白骨兵大刀化作的霧氣乘著氣流上升至空中，突然間天邊寒光一閃，一把飛劍如流星衝入霧氣之中貪婪地吸食著。

只是一眨眼的功夫，霧氣便被飛劍吸得一乾二淨，在底下的白邪眺望飛劍，笑道：「這就是我所修的鬼劍，求魔！」

第三十二章 鬼劍

鬼劍吞噬完靈劍的殘渣後，點點金光自劍身的鏽跡中滲透而出，接著鬼劍用力一繃，所有的鏽塊便馬上剝落。

只是一眨眼的時間，鏽跡斑斑的鬼劍便回復了鋒利，銳利的刀刃上透著隱隱的寒光。

「我佈在密室中的看門狗就是它了。」白邪罕有地流露出喜悅的表情，像是尋回了多年不見的老朋友一樣。

「不是說是狗嗎！？」陸道費解地問。

「它生前是條狗沒錯啊！」白邪皺著眉道：「而且還是我親手養大的！」

陸道抬頭望著懸停在半空中的鬼劍，一臉吃驚道：「你把狗的靈魂放到一把靈劍裡了？」

「……這也是無可奈何的事。」白邪猶豫了一下後還是說了：「那些討厭我的人利用牠來打擊我。」

「我不懂……他們用不光彩的手法殘忍地殺害了我唯一的朋友。」他閉上眼睛憶起了一段痛苦回憶，良久才嘴角顫抖著道：「然而被稱作邪魔外道的人卻是我！」

「明明……明明牠甚麼錯事都沒做過……」白邪悲憤道。

為救好友白邪把自己關了在密室中日夜不斷進行各種實驗，他大量購入只有遺跡中才能找到、價值不菲的靈鋼，多年累積的財富如流水般嘩嘩而流。

在一個雷電交加的夜晚，已耗盡所有的白邪依然沒有放棄，身後作廢的劍胚堆積成山，在最後一次嘗試將求魔的靈魂封印入劍時，白邪引起落雷劈中劍胚，只見當時白光激閃，接著便是一陣震耳欲聾的爆炸聲。

煙霧散去，鬼劍懸浮於半空，渾身纏繞著嗤嗤作響的電光，白邪激動不已，為了好友的復活而高興。

只是想復活好友的白邪在神差鬼使之下打造出擁有自我意識的鬼劍，全世界僅此一把。

只可惜白邪尚未來得及開發鬼劍的用途就被殺封印，求魔也一直在密室如忠犬一般等候著白邪的歸來。

然而這一等便是十年，了無音訊的十年，鏽跡斑斑的十年，漸漸地它便陷入了漫長的沉睡當中。

直到最近再感受到白邪的靈魂氣息後，求魔才從沉睡中甦醒，

離開密室在刀峰山上尋找白邪的蹤影，結果卻被獵人遇見，對方驚慌之下把鬼劍當成靈獸，最終引來了高浩與古小雨一行人來狩獵。

「求魔。」白邪朝鬼劍伸出一手道：「是我，我回來了。」

半空中的鬼劍聽到了，像指南針一樣緩緩把劍尖對準了白邪。

「糟了。」白邪臉色一凝，心底裡浮現出不祥的預感。

陸道急忙問：「該不會是認不出你來了吧！？」

「不……正好相反。」豆大的汗珠從額角流下，白邪道：「在我第一次釋放靈魂氣息時它就已經認出我了。」

「那有甚麼好糟糕的？」陸道小聲唸了幾句，心想不明白有甚麼好大驚小怪的。

鬼劍的劍身上再次有電光閃動，白邪喉頭滾滾又問：「你養過狗嗎？」

「以前有養過獵犬。」陸道想了想後道。

「你出門回家後牠會幹甚麼？」白邪放大的眼瞳中反映著鬼

劍的身姿。

陸道也望著鬼劍嚥了一口口水，也跟著流汗道：「……會很高興地撲過來。」

*「嗖」*的一聲，鬼劍所在的位置只留下了電光殘影，白邪已於第一時間反應過來，往下一蹲激動不已的鬼劍便從頭頂上呼嘯而過，被削斷的髮絲自空中飄落。

「呼……」差點當場去世的白邪不禁長舒一口氣。

然而鬼劍撲了個空後也不放棄，在空中轉了個彎又興奮地朝白邪衝過去。

「都這麼長時間了，狗的習慣還沒改掉！」白邪一欠身再次讓鬼劍的熱情撲了個空。

「你倒是快想想辦法啊！」陸道焦急道。

「不行啊……」白邪面色為難道：「它叫『求摸』，你不摸它，它是不會滿足的。」

「原來是這個『摸』啊！！！！！知道真相以後怎麼突然感覺有點可愛啊！！！」

就在白邪操控著陸道的身體與求魔周旋之際，祝龍與張風在靈劍塚下不敢輕舉妄動，眼睛也不停往四周張望。

「怎麼樣？有發現嗎？」祝龍語氣略顯緊張，畢竟飛劍是上境高手才能佩備的兵器。

要是來了正派高手，像他這樣的一星煉妖師人家絕對除之而後快。

來了個魔道高手也不好說，大多數混魔道的也不是甚麼好鳥，說不定這一秒救下了自己，下一秒就拿他們來餵煉妖怪了。

「不，沒有發現。」張風閉上眼睛嘗試感應了一下四周靈氣，沒有特別異常的存在。

雖然兩名煉妖師都得到相同的答案，但是使用靈氣的高手是有手段把靈氣隱藏起來的，故此兩名煉妖師也不能肯定這把飛劍是來靈劍塚封劍的，還是有高人在背後操控著，沒人把飛劍與陸道之間拉上關係。

「走吧。」張風望著鬼劍謹慎道：「這已經遠超我們能應付的了。」

「哈？走？」祝龍白了張風一眼又說：「要走你自己走！」

張風頓時睜大眼睛看著祝龍：「你想打那把飛劍的主意？」

「喂喂喂！傳說只要在靈劍封劍前抓到它，就能成為它下一任的主人。」祝龍狡猾地望著鬼劍又道：「這把飛劍要是來封劍的，那我豈不是虧大？」

「瘋子……」張風在心裡說了這麼一句後就丟下祝龍，沒入陰影處發動靈技夜幕融入黑暗中隱去。

祝龍見沒人再跟自己搶了，微微一笑，手一揮，白骨兵便嘶吼著邁起巨大的身軀就朝靈劍塚之巔狂奔而去。

白邪正忙著應付鬼劍，突然感到地下震動不已，待他看清楚時白骨兵已掄起巨拳猛砸向他。

白邪一驚，急忙舉臂運起靈氣來防禦，只聽得「*呯*」的一聲巨響，他便被一拳擊飛。

求魔見狀也想追隨而去，然而白骨兵反手拽住了鬼劍的劍柄，不讓它離去，求魔劍身開始有憤怒的電光不斷閃動。

祝龍見白骨兵也控制住了飛劍，於是便從死角位一躍而出，準備把飛劍據為己有。

只聽得「*嗖嗖嗖*」數聲，失去了右臂的白骨兵痛苦地嚎叫著，祝龍臉上所掛的笑容也隨著視線從下往上而漸漸消失。

出現在他面前的是憤怒的鬼劍求魔，大概是狗被陌生人用力拽尾巴時的那種憤怒。

雖然求魔無法再像狗一樣朝祝龍齜牙裂嘴，但是它現在卻能在劍身四周以電光的方式展示怒火。

本來祝龍還想試圖收服飛劍，畢竟飛劍對於一名一星修行者來說可是只存在於夢想的兵器，要是能收服一把飛劍為己用，祝龍大概做夢也會笑醒。

可祝龍卻滿頭大汗被鬼劍近距離所散發的電光怒火所懾服，別說上前一步抓住它了，現在的他連動一根手指頭都不敢，只能死死盯著鬼劍不動。

遠處，白邪拍了拍灰塵在地上站了起來，在靈氣的防禦下，白骨兵那一拳的力度被抵消了大半，所以他現在身上除了沾了點灰塵外便分毫無損。

「咦？那傢伙想幹甚麼？」白邪也沒想過對方居然會瘋到直接想上來搶飛劍，只知道自己被擊飛後對方就一直與鬼劍對峙著。

「求魔怎麼就不動了？」陸道問。

「因為他在等我的指示。」白邪望著祝龍冷冷道:「去吧……」

「慢著！」祝龍突然出聲喝止他，同時心中也暗叫不妙：「可惡，沒想到飛劍居然聽這小鬼使喚！他到底是個甚麼來頭？」

「哦？」白邪揚起了一道眉毛，把手兜在耳邊說：「洗耳恭聽。」

祝龍看了看飛劍又看了白邪一眼，伸出一手捏成爪狀不懷好意道：「收走它，否則……」

他催動體內靈氣，白邪腳底下便泛起了血陣的詭異光芒，祝龍奸笑道：「我只需一秒就能讓你化作血水！」

「小心！上一回我就是遭了這一招！」陸道於體內警告道，畢竟擁有著上一個輪迴中記憶的人就只有他了。

祝龍滿以為能懾服白邪，沒想到對方根本不買帳，把頭微微一昂，俯視他道：「那就來試試看。」

祝龍見對方輕敵，心中暗暗一笑，另一隻手催動白骨兵撲往飛劍充當死士，趁著飛劍將白骨兵撕成碎片時祝龍就發動殺戮血陣。

「我贏了！」祝龍獰笑著興奮道。

在不祥的紅黑之光亮起同時一股強大的壓力冷不防地壓了在白邪身上，把他壓得……壓得若無其事？

祝龍驚訝地瞪大了眼睛，難以置信地望向在血陣中昂首而立的白邪，心裡驚呼道：「血陣應該把他煉成血水才對，為甚麼……」

白邪一臉桀驁不馴冷冷道：「螳臂擋車和蚍蜉撼樹，你要選一個？」

第三十三章 封印

只見白邪手輕輕一揮，已消滅掉白骨兵的鬼劍平緩地降了在祝龍面前。

「説吧，你的遺言。」血陣的光芒已消褪，白邪安然無恙。

祝龍心知自己是跑不過能殺敵於千里的飛劍，現在的他只能沉聲問：「你到底是甚麼人！」

「我……」白邪才剛張開嘴巴，祝龍以飛快的速度從腰間掏出了塗毒的骨刀刺向他。

只聽得*「啪滋」*一聲，刀刃確實地將心臟貫穿。

祝龍先是一笑隨即便發現自己那一刀被白邪躲開了，他顫抖著低頭望向胸口，求魔為了護主從後刺穿了祝龍的心臟。

他的眼瞳頓時失去了生氣，同時間也嘩的一聲吐出血來，倒地不起。

胸口處的灰色布料被鮮血染深了顏色，祝龍倒在地上，喘著粗氣無法動彈，眼中所望是霞光消褪的天空。

白邪逆著光低頭俯視祝龍，對方笑了笑，用沙啞不已的聲音道：「沒事的……我即使當鬼也會為禍一方……你阻止不了我

的……」

「阻止不了你？」白邪先是哈哈大笑，隨即不懷好意道：「在你面前的可是一代邪尊白無常！」

「白邪白無常……」祝龍一聽頓時慌惶失措，嘴角冒著血泡咧牙道：「不可能！他已經被封印起來了！」

白邪冷眼旁觀默默地掏出了一張白符夾在兩指之間，重傷的祝龍不斷在地上掙扎想要爬離白邪，只見他目光潰散，滿頭虛汗，口中亦不斷重覆呢喃道：「不可能……這不可能……」

「隨便你怎麼想，反正我是不會容許你這種瘋子在人間到處亂跑的。」白邪淡然說完後便往白符中注入靈氣。

受了致命傷的祝龍在地上拚命爬了幾尺以後便氣絕身亡，白符內一股強大的吸引力把祝龍凶暴的靈魂強行封入白符之內，白邪口中唸唸有詞，最終他突然喝道：「……白邪封印！」

符內白光一閃，祝龍的樣子便被印了在白符之中，那模樣似乎是想從畫裡衝出來似的。

「竟敢說本尊收不了你？」白邪壞笑著對白符內的祝龍道：「天真！」

在把白符收入懷中後，鬼劍求魔也平降到白邪面前，綁在劍柄的金色劍穗如同狗尾巴般搖個不停，同時不斷把劍尖湊到白邪手邊求摸。

白邪苦笑了一下只得摸了摸求魔，憐惜道：「沒想到，你還真的在等我。」

夜幕降臨，黑暗籠罩大地，高家營地的灶營內升起了裊裊炊煙。

高家營地外，高軟正偷偷摸摸的跟蹤著古小雨，早就對她起了色心的高軟決定在入黑時趁著夜色把她抓到樹林裡為所欲為。

為此他手上還特意準備了一塊加了迷藥的手帕，準備趁她一落單就動手。

「小雨……你真的好可愛……」望著古小雨潔白的脖子，高軟不得不吸溜一下過盛的口水。

「嗯？可疑的傢伙。」一把聲音冷不防在高軟身後響起，他慌張地轉身一看發現是一名陌生的青年，身後還背著一把無鞘的長劍。

「你才是可疑的人吧！」高軟嫌惡地用手帕摀住嘴鼻，因為對方身上的味道實在是太臭了。

大汗淋漓的陸道剛張嘴想要反駁，高軟卻突然撲通一聲倒地不起，昏死過去，不管陸道怎麼搖都睡得死死的。

「上一個輪迴裡你有遇到這傢伙嗎？」白邪在戰鬥後退下休養。

「沒有。」陸道仔細端詳著高軟的臉，確認後才說。

陸道本想先安置高軟的但古小雨卻突然在面前一閃而過，他高興地跟了上去後發現古小雨正在準備晚飯。

當他想要上前去找古小雨時，白邪忽然勸阻道：「還是算了吧，小鬼，現在的她根本不認識你！去了也是白搭！」

可陸道根本聽不進去，偷偷溜進了營地當中，古小雨當時正忙著把食材搬到灶營，陸道悄悄地跟在她身後。

起初古小雨也不為意，後來也確實是聞到一股臭味，於是便轉身朝躲在暗處的陸道叫道：「出來吧！你到底想怎麼樣？」

陸道只能無奈現身，由於事出突然，他慌亂之下撿起了一塊路邊的石頭問古小雨：「姑娘，這是你掉的嗎？」

古小雨：「？？？」

古小雨不認識陸道，見他身穿外人的服飾後也提高了警覺：「你是甚麼人？怎麼進來了高家營地？」

陸道先是一怔，強顏歡笑道：「我……我那個……我是……」

「你再不走我就要叫人了！」古小雨緊張地後退了兩步。

「慢著，是我！我是陸道啊！」陸道只能無奈道，情急之下往古小雨身邊走近了兩步。

古小雨深呼吸後大喊：「來人啊！有可疑的傢伙出現了！！！」

頓時間，眾多高家子弟提著火把就響應古小雨的呼喚湧了過來，陸道無力也無意在此刻引起紛爭，最終他只能咬牙轉身跳入樹林中逃去。

高浩帶著眾多子弟循聲而至，見四下無人便質問古小雨：「人呢？」

「被我這麼一叫，嚇跑了。」古小雨笑道。

「哼，晚上多派幾個人巡邏，據回報附近有煉妖師在活動。」高浩跟子弟吩咐完後便轉身離去。

古小雨望著高浩的背影笑著想：「小浩心裡還是有我的，我一叫他就第一時間來了。」她便心滿意足地繼續捧著食材前去灶營。

刀峰山之巔，夜風嗖嗖刮打在陸道臉上。

他背對著白邪以及求魔，抱膝而坐，從半山俯視著高家營地不發一語。

一魂一劍面面相覷，最終白邪還是與陸道背靠背坐著，低著頭淡然道：「別哭了，小鬼。」

「吵死了……這裡風太大而已……」

古小雨捧著食材剛回到灶營，幾個年輕的小廚娘便湧了過來吱吱喳喳地問：「小雨，聽說剛才有怪人出現！是真的嗎？」

「對啊！對啊！」

古小雨放下了食材微笑應道：「真的！我一叫他就嚇跑了！」

「哇！」其中一個胖胖的小廚娘又問：「那他長甚麼樣？可怕嗎？」

「可怕那倒不會，但是身上的味道挺難聞的。」古小雨突然想起甚麼似的說：「還有……」

「還有？」所有小廚娘都屏息靜氣緊張地問。

古小雨頭微側，一隻手點在下巴上，苦思後仍然得不出答案，記憶深處彷彿被人加上了封印似的，最終她猶豫地說：「我總覺得……好像在哪裡見過他。」

《白邪封印》

下集待續

點子網上書店

www.ideapublication.com

含忍·死人·的士佬

壹獄壹世界

援交妹自白

殘忍的偷戀

殘忍的雙戀

成為外星少女的導遊

成為作家其實唔難

港 L 完

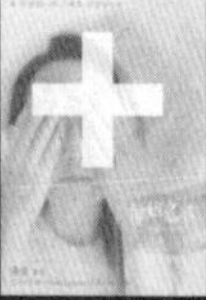
信姐急救

西謊極落

公屋仔

十八歲留學日記

西營盤

毒舌的藝術

新聞女郎

黑色社會

香港人自作業

精神病人空白日記

婚姻介紹所

賺錢買維他奶

獨居的我，最近發現家裡還有別人

五個小孩的校長電影小說

點五步 電影小說

有得揀你揀唔揀

This is Lilian

This is Lilian too

This is Lilian, Free

空少傭乜易

爆炸頭的世界

設計 Secret

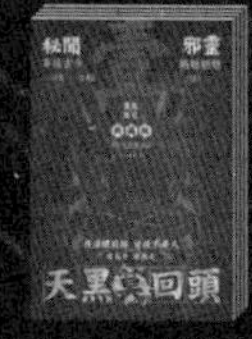

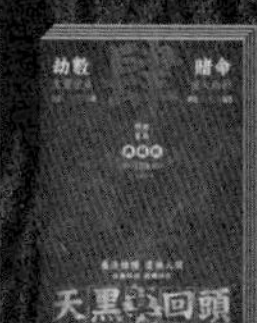

●《天黑莫回頭》系列

獨家優惠　限量套裝
簡易步驟　24小時營業

當世四大天王：
黎郭劉張（上）

● 《診所低能奇觀》系列

圖書館借來的
魔法書

銀行小妹
甩轆日記

● 《詭異日常事件》系列

● 《倫敦金》系列

HiHi 喇好地地
一個人點知……

我的你的紅的

● 《Deep Web File》系列

向西聞記

無眠書

● 《絕》系列

殺戮天國

遺憾修正萬事屋

作者	沙士被壓
出版總監	余禮禧
責任編輯	陳珈悠
美術設計	#rickyleungdesign
製作	點子出版
出版	點子出版
地址	荃灣海盛路 11 號 One MidTown 13 樓 20 室
查詢	info@idea-publication.com
印刷	海洋印務有限公司
地址	黃竹坑道 40 號貴寶工業大廈 7 樓 A 室
查詢	2819 5112
發行	泛華發行代理有限公司
地址	將軍澳工業邨駿昌街 7 號 2 樓
查詢	gccd@singtaonewscorp.com
出版日期	2019 年 7 月 17 日
國際書碼	978-988-79277-1-6
定價	$88

Printed in Hong Kong

點子出版
IDEA PUBLICATION

白邪封印